COLLEZIONE TWEENS

BEATRICE MASINI

solo con un cane

romanzo

FANUCCI EDITORE

Prima edizione: novembre 2011

via delle Fornaci, 66 – 00165 Roma
tel. 06.39366384 – email: info@fanucci.it
Indirizzo internet: www.fanucci.it

Stampato in Italia – Printed in Italy

Progetto grafico: Grafica Effe

BEATRICE MASINI

solo con un cane

Quando il Sire emana un editto con cui si ordina la sparizione immediata dei cani da tutto il Regno, la famiglia di Miro si ribella. Non possono sopprimere Tito. Non ci pensano nemmeno. C'è una sola alternativa: che Tito sparisca, vada via. E Miro con lui.
Comincia così, a causa di un ordine insensato, la fuga di un bambino e di un cane in un mondo che non conoscono. Miro e Tito affrontano pericoli, corrono rischi, cercano di cavarsela. Nei pochi momenti di tregua e riposo, Miro si aggrappa disperatamente ai ricordi: la vita di prima, nella sua bella semplicità, sembra un sogno lontano. Adesso c'è solo la fuga. Una fuga che molto presto diventa semplicemente il viaggio che tutti dobbiamo affrontare, prima o poi: verso le nostre paure, contro i nostri limiti, per mettere alla prova le nostre capacità. Ma Miro non è mai solo: ha il suo cane. E Tito non è mai solo: ha il suo bambino. Nessuno dei due potrebbe desiderare di meglio e di più.

Prologo

Cominciò con i gelsomini.

Il gelsomino è un piccolo fiore bianco, profumatissimo, che somiglia a una stella. È un rampicante, audace e tenace; le sue piccole mani di foglia si arrampicano sui muri come artigli, e lì restano avvinghiate. Ma è anche dolce e delicato; inutile coglierlo, basta il tocco di un dito per sciuparlo. Da sempre e da prima di sempre era il simbolo del Regno: le donne lo ricamavano sugli orli degli abiti da sposa, e la sua fragile effigie era raffigurata nei sigilli e negli stendardi. Con le foglie di gelsomino si faceva un tè squisito, aromatico: sembrava di bere un giardino. E la Canzone del Regno, quella che tutti conoscevano, quella intonata all'inizio delle cerimonie, s'intitolava *Quando Fiorisce il Gelsomino*; era affidata a melodiosi cori di ragazzine e parlava della stagione più dolce, la primavera che riporta la vita.

Ma un giorno il Sire decise di bandire il gelsomino dal Regno.

Il motivo non fu spiegato: è privilegio di un Sire fare quello che vuole. Semplicemente, cominciarono gli editti: l'ordine a tutto il Regno era di far sparire il gelsomino dai giardini e dai muri, dai disegni e dai ricami, dagli stendardi e dalle tazze di tè. Abolita anche la Canzone del Regno, che fu sostituita dall'Inno del Sire, un brutale coro maschile che celebrava la guerra e il potere. I sudditi a questa raffica di annunci e notizie rimasero sconcertati: che cos'aveva fatto di male quel piccolo fiore a stella per meritare di essere cancellato dal loro mondo? Ma gli ordini sono ordini, tutti conoscevano la severità delle Leggi del Sire, e nessuno osò disobbedire. Le ricamatrici piansero gettando nel fuoco gli antichi disegni dei tralci di gelsomino che avevano accompagnato alle nozze tante fanciulle, e anche i fili di seta di quell'esatta sfumatura di bianco e di verde; i giardinieri imprecarono strappando a fatica dalla terra le radici di antichi rampicanti; e quando un soldato del Regno vedeva un piccolo fiore scampato alla strage lo calpestava con tutte le forze, come se fosse la testa di un serpente velenoso. I fiori non strillano quando muoiono; non piangono; non hanno voce. O almeno, nessuno la sentì.

Altri fiori presero il posto del gelsomino: fiori venuti da lontano, grandi, con pistilli come lingue di drago e petali di tinte violente, e profumi così forti da dare il mal di testa. Ma nel cuore delle persone, avvinghiato con le sue piccole dita verdi, il gelsomino rimase a brillare, avvolto nella nostalgia, prezioso come tutte le cose perdute. Nessuno aveva osato discutere la decisione del Sire, ma dentro di loro i sudditi si interrogavano, e i più coraggiosi ne parlavano anche, a sussurri, solo con quelli di cui si fidavano, quelli come loro, quelli che avevano ancora il coraggio di pensare i propri pensieri: che cosa altro può succedere, quando un re decide di mandare a morte un fiore?

Prima parte

Fa molto freddo. La notte è buia. Capisco per la prima volta che cosa vuol dire buio pesto: è come se ti avessero pestato gli occhi fino a gonfiarli, tanto che non riesci nemmeno a tenerli socchiusi. E quello che vedi è solo il nero delle tue palpebre con sopra un velo di sangue, nero anche quello. Un nero che non ci si crede, così concentrato da sembrare vuoto. Io gli occhi li tengo aperti. Ma in questa parte di mondo hanno spento le stelle, e la luna non sanno nemmeno cos'è. Quindi non vedo niente.

Ma sento. Sento il mio respiro. Il gelo della pietra su cui ho disteso il sacco a pelo.

Però non ho paura. Forse ne avrei se fossi solo. Ma non sono solo. In un certo senso sì, però anche no. Sono solo con un cane. Solo con un cane non vuol dire che sono solo. Sono con un cane, quindi no che non sono solo. E comunque non è un cane e basta. È il mio cane.

Si chiama Tito ed è per lui che sono qui, solo tranne lui, appunto, dentro la notte più nera del mondo. E siccome ho idea che oltre che nera sarà una notte lunghissima, tanto vale che me la racconti tutta, questa storia. Per bene. Dall'inizio. Senza dimenticare nemmeno un dettaglio. Per ricordarmi come mai non sono a casa mia, nel mio letto, con un cane di nome Tito accoccolato ai miei piedi, sopra la coperta. O magari da solo, senza nessun cane sopra i piedi, piedi gelati dentro le lenzuola rigide, un vuoto al posto del cuore. Poteva anche andare così. Bastava che lo volessi. Ma è andata in un altro modo perché l'ho voluto io. Potevo volere solo questo: questa solitudine immensa di due esseri dentro il mondo, in un posto oscuro, lontano da tutto quanto conoscono. Non c'era altra scelta. No.

Lo dico tante volte, continuo a ripeterlo perché c'era, un'altra scelta. Solo che non era possibile. Non per me. Non per Tito. Non per Tito e me insieme.

Un Cane è contento.
Pappa niente ma un Bambino sì.
Un Cane adesso dorme con un Bambino.
È bene.

Da che mi ricordo, ho sempre desiderato un cane. La mamma mi raccontava che era la prima parola che avevo pronunciato. Insomma, una specie di parola: metà.

Ca. Diceva anche che andavo pazzo per i cani, quando per la strada ne vedevo uno tendevo le mani come per prenderlo. Non avevo paura, solo una gran voglia di toccare, conoscere, giocare. Avevo tanti pupazzi a forma di cane, praticamente non mi regalavano altro: erano tutti i miei preferiti e la sera li mettevo in fila sul cuscino, proprio sopra la mia testa. Così non facevo torto a nessuno. Ma lo sapevo che erano finti, non è che ci parlassi. Io aspettavo.

Aspettavo di essere grande abbastanza da avere un cane vero.

Nel Regno i cani erano importanti. Aiutavano nel lavoro, nella caccia, nella custodia delle case; c'erano cani da tiro, cani da fiuto, cani da riporto, ovviamente cani da guardia e da compagnia. Non c'era niente che un cane non potesse fare. E per questo non c'era famiglia che potesse farne a meno. In ogni casa ce n'era uno, se non di più; le case senza cani erano considerate bizzarre, come se mancassero le finestre, o il camino in cucina.

Quando ero nato io, nella nostra famiglia c'era Arundel, un grosso pastore dal pelo bianco arruffato. Io non l'avevo mai conosciuto per davvero, era morto quando avevo solo due anni, e non avevo trattenuto ricordi di lui. Sapevo quello che mi avevano raccontato: era coraggioso e giocherellone, si stendeva davanti alla mia culla e non lasciava avvicinare nessuno, a meno che non fossero la mamma o il papà a dirgli di stare tranquillo, che quello non era un nemico o un rapitore di bambini. Se n'era andato una sera e non era tornato più, ma era già vecchio, e i cani vecchi a volte preferiscono fare così, cercare un posto per morire da soli, senza dare fastidio a nessuno. Mi piaceva pensare ad Arundel, lo rimpiangevo anche se non era stato il mio cane; ma sapevo che era solo questione di tempo. I miei genitori non si erano procurati subito un altro cane perché volevano aspettare che fossi abbastanza grande da occuparmene io, da farlo crescere insieme a me.

E quando è arrivato Tito, ero pronto. Era lui che volevo. Proprio lui. Non so come sia questa cosa: di tutti i cani al mondo, di tutti i cani possibili, proprio lui. L'avrei riconosciuto ovunque. Quando l'ho visto la prima volta, nel recinto del canile, insieme ai suoi tre fratelli e alle sue due sorelle, minuscolo, confuso, il pelo arruffato, le zampe grosse, la testa grossa, gli occhi grandi, tutto tremante di quel tremito da cucciolo, lui ha guardato proprio me. Davvero. Sul serio. Se anche avessi avuto qualche dubbio, basta. Finito. Era lui.

Ho dovuto aspettare più di un mese prima di portarmelo a casa, era troppo piccolo per lasciare la mamma. Intanto gli ho preparato tutto: una cuccia a forma di corona, morbida come un cuscino, un tondo in mezzo per stare comodo e tutte le punte intorno, rosse. La cuccia di un piccolo re. Poi le ciotole per la pappa e per l'acqua, uguali, anche quelle con la corona impressa sul fondo. Un tappetino per poggiarcele, in modo da non fare disastri. Il primo collare, fatto con un nastro a quadretti bianchi e rossi. Un guinzaglio di cuoio, serio, da cane serio. I giochini: una palla bianca e rossa, di gomma dura, e due dei miei vecchi cani di peluche, i più piccoli, perché non si spaventasse. C'era tutto. Mancava solo lui. Mi sono preparato: ho letto tre volte tutto il Dizionario uomo-cane, da cima a fondo. Sapevo anche recitare le voci a memoria. Ho imparato un sacco di cose. Sapevo tutto.

E poi, quando siamo andati a prenderlo, ho dovuto disimparare tutto e mettermi ad ascoltare. Ascoltarlo, guardarlo, osservarlo. Capire da lui che cosa dovevo fare, e quando, e come. La sera, la prima sera a casa, l'ho messo nella cuccia, con una copertina che mi aveva dato la donna del canile prendendola dal posto dove dormiva la sua mamma con tutta la cucciolata: ha il suo odore, mi aveva detto, serve a tranquillizzarlo. Lui si è addormentato quasi subito, i cuccioli dormono molto. L'ho guardato a lungo prima di spegnere la luce e mettermi a dormire anch'io. Poi, nel cuore della notte, mi ha svegliato un piccolo verso, un gemito. Ho aperto gli occhi di colpo, mi sono ricordato che c'era lui lì vicino, da qualche parte, per terra. C'era la luna, non ho dovuto accendere la lampada. Era sveglio anche lui e stava lì sulle quattro zampe, tutto un po' incerto, e dalla gola gli scappava quel verso minuscolo. Come se piangesse, ma piano, per non disturbarmi. Sono scivolato giù dal letto e l'ho preso in braccio. Allora quasi mi stava dentro una mano. Ho annusato il suo odore di pelo caldo e notte, il suo odore di cane. Mi ha leccato la mano. Quella lingua piccola come un sospiro. Ho sentito il cuore contro il mio palmo: batteva sottopelle, sembrava che volesse balzare fuori. Così veloce, così vivo. Ho deciso. Il Dizionario diceva che i cani devono abituarsi fin da subito ai luoghi sì e ai luoghi no. Il letto del padrone è un luogo no. Noi l'abbiamo fatto diventare un luogo sì.

Si è riaddormentato subito, stretto vicino a me, sotto la coperta, tiepido come le braci di un piccolo fuoco. Quella notte non ha pianto più. E da allora dorme sempre con me.

Il Bambino è l'Uomo da piccolo.
È meglio dell'Uomo.
Se puoi scegliere
scegli un Bambino.

Tito aveva tre anni e cinque giorni, un cane ragazzo grande, io ne avevo undici e tre mesi, un ragazzino, quando è arrivato l'Editto. Era un giorno normale, io ero andato a scuola accompagnato da Tito, che come sempre mi aveva aspettato per tutte le quattro ore di lezione fuori dal cancello, tranquillo lui tranquillo io. Avevamo un bel programma per il pomeriggio: prima i compiti, poi un giro al fiume, che era uno dei suoi posti preferiti, e quindi anche dei miei. A Tito, piccolo cane di razza cacciatrice, piaceva molto esplorare le rive, rimaste qua e là un po' selvagge appena il fiume usciva dal centro della città, e io lo seguivo, lo osservavo e vegliavo su di lui, stando attento che non si mettesse nei guai. C'erano molte cose pericolose sulla riva del fiume: serpenti, calabroni, buche, qualche volta le tagliole dei cacciatori di frodo ben nascoste nell'erba alta, e infine l'acqua stessa, con i suoi gorghi che succhiano la forza, ma Tito aveva imparato a bagnarcisi appena le zampe, per bere, restando sulla riva. Allora non avevamo idea che il pericolo potesse assumere la forma di un foglio di carta.

Quando il Direttore è entrato in classe abbiamo pensato che dovesse dirci qualcosa di noioso, tipo le raccomandazioni per l'Esame Finale. Era molto pallido, ha scambiato due parole sottovoce con il professore di matematica e poi si è voltato a guardare la porta con aria preoccupata. Noi abbiamo seguito il suo sguardo: sulla soglia c'era un soldato in alta uniforme con un rotolo sotto il braccio sinistro. «Entrate» gli ha detto il Direttore, ma si capiva che era un invito fatto a malincuore. Quello ha mosso un solo passo, piantando forte il tacco nel pavimento, e si è fermato vicino alla cattedra. Ha salutato con la mano destra stretta a pugno, si è voltato verso di noi, si è sfilato il rotolo da sotto il braccio e lo ha disteso. Ha letto, e nessuno ha capito. Ci ha guardato, ci ha visti confusi e ha riletto. Ancora niente. Poi ha appeso il foglio alla parete con due puntine, coprendo la ricerca sui poteri del fuoco che avevo fatto con due dei miei compagni e che era stata messa lì perché avevamo preso il voto più alto della classe. Ero contrariato:

non si copre così la mia ricerca, ho pensato. Poi ho letto da solo. Anche da lontano – il mio banco era vicino alla finestra, e il foglio era sulla parete d'ingresso – ho distinto chiaramente le lettere, impossibile non vederle, grandi com'erano, tracciate con cura in inchiostro nero dal calligrafo di corte. Ma continuavo a non capire: quello che dicevano non aveva senso. Era come se qualcuno avesse gettato sul foglio una manciata di parole a caso, che si erano combinate a caso.

EDITTO

Il Sire comanda al suo Popolo
Che i cani di tutte le razze, taglie ed età
Siano banditi dal Regno
Con ogni mezzo possibile.

Il sigillo del Sire, un artiglio rosso su fondo nero, era stampigliato in fondo al messaggio, feroce come un urlo.

Che cosa voleva dire?

Un Cane vuol dire festa quando torni.
Un Cane vuol dire uno che ti segue ovunque tu vada.
Un Cane vuol dire giocare tutto il pomeriggio a prendi il bastoncino.
Un Cane vuol dire odore di cane.
Un Cane vuol dire un naso bagnato contro la mano.
Un Cane vuol dire una coda agitata.
Un Cane vuol dire che non ti annoi mai.

Un Cane vuol dire che non sei mai solo.
Un Cane è cose semplici.
Un Cane è tutto qui.

Sono tornato a casa di corsa, col cuore in gola e lo zaino che mi rimbalzava sulla schiena. Volevo essere sicuro di una cosa. Sì, Tito era ancora lì dove l'avevo lasciato, appena dentro la porta, la coda tesa come una bacchetta, le zampe pronte a balzare, lui pronto a balzare, a balzarmi addosso, a grattarmi le ginocchia con le unghie cercando di avvicinarsi, la lingua come un dardo che scatta e accarezza. Era così: lui mi aspettava. Aspettava sempre. Era come se la sua vita non avesse capo né coda senza di me. Sul Dizionario uomo-cane avevo letto che i cani non hanno senso del tempo: per loro un'ora è un'eternità, è per sempre. 'Quando il padrone si allontana, il cane è convinto di essere stato abbandonato'. A leggerlo mi era presa una morsa al cuore, come se qualcuno lo stringesse nel pugno: ma come, tutte le volte questa cosa orribile dell'abbandono, giorno dopo giorno, senza imparare mai? Doveva essere terribile. E avevo desiderato di non lasciarlo mai, mai, di stare sempre con lui. Ma per farlo avrei dovuto essere già grande, e fare un mestiere che mi permettesse di portarlo con me: non so, l'acquaiolo, o il riparatore di lumi stradali, o il giardiniere. Giardiniere no, perché Tito aveva l'abitudine di scavare buche, quando poteva. Buche bellissime, nette come tubi vuoti, con i bordi smussati come se ci avesse passato sopra le zampe per lisciarli. Bellissime, ma non dal punto di vista di un giardiniere. Forse avrei dovuto pensare a un altro mestiere. L'apritore di tunnel, per esempio.

Intanto Tito anche quel giorno mi aspettava, per fortuna. C'era. C'era ancora.

L'ho preso in braccio: leggero come un soffio, piccolo, caldo, vivo.

Sono corso dalla mamma.

«Hai sentito?» Gliel'ho detto con uno straccio di voce che non sembrava nemmeno la mia, strappata, ansiosa, vecchia.

Lei ha annuito, seria.

«E adesso?»

«Adesso aspettiamo papà.»

«E dopo?»

«Dopo vediamo.»

«Ma non si può, non è possibile, non è giusto.» Ero in piedi, scosso dalla rabbia, tenevo Tito nell'incavo del braccio come si tiene un bambino piccolo, e lui mi fissava tranquillo, gli piaceva stare così, però non troppo a lungo. Dopo un po' di solito si stancava e si divincolava e lo mettevo giù veloce per evitare che mi balzasse via dalle braccia e atterrando si facesse male. Quella volta no, è stato lì bravo, proprio come i bambini piccoli che non possono andare da nessuna parte, non possono fare niente, essere niente, non sanno mangiare, parlare, spostarsi. Hanno bisogno che qualcuno si prenda cura di loro, sempre.

«Lo so» ha detto la mamma. «Lo so.»

Mi è venuto da piangere. Un pianto come una furia, ribelle. «Ma che posto è questo, dove dicono di far sparire i cani, così, come se... come se non fossero mai esistiti?»

Ne avevamo parlato, a scuola, dopo che il soldato in alta uniforme se n'era andato. Il Direttore era rimasto lì impalato come tutti noi, a fissare l'inchiostro che gridava il suo ordine, la sua minaccia. C'erano delle cose non dette in quella frase inchiodata al muro. Ma si sentivano tutte, anche se nessuno ci voleva credere.

Il maestro Zaro aveva guardato il Direttore e gli aveva detto solo una cosa, che poi era anche una domanda: «Possibile?»

Anche lui aveva un cane che lo aspettava, a casa. Un Metzner, ma buono come un agnellino, o almeno così diceva lui. E anche il Direttore: un bellissimo Danko marrone, alto quasi come me. Praticamente tutti avevano un cane: da compagnia, da difesa, da competizione, da corsa, da caccia, da pesca, da pastore, da passeggio, da cuscino. E allora?

Bibi, che tra i miei compagni di classe non è certo il più sveglio, aveva alzato la mano. Siccome eravamo ancora tutti in piedi lui non si vedeva, praticamente, e aveva dovuto tossicchiare un bel po' prima che il maestro Zaro si accorgesse di lui. «Sì, Bibi?» aveva detto il maestro alla fine. Una delle nostre regole a scuola è il Diritto di Parola: chi alza la mano ha sempre diritto di parlare, o di fare domande, anche le più stupide. «Sì, Bibi?» E Bibi, che tanto sveglio non era, era stato l'unico ad avere il coraggio di dare voce alla domanda che tutti volevano fare. A volte coraggio e stupidità vanno a braccetto. «Cosa vuol dire con ogni mezzo possibile?»

Il maestro Zaro aveva guardato il Direttore. Il Direttore aveva guardato il maestro Zaro, e poi, alla fine di un profondo sospiro, aveva risposto: «Pensate ai gelsomini.»

Un brivido era corso per la classe: gelsomino era una parola proibita, come il fiore che indicava. Abbiamo capito tutti cosa intendesse.

La mamma lo diceva sempre, nel segreto della casa: se non siamo stati capaci di difendere i nostri fiori, che ne sarà di noi?

Il Direttore aveva annunciato che per quel giorno le lezioni erano finite, potevamo andare. Come in un giorno di festa a sorpresa. Ma nessuno, nemmeno Bibi, aveva riso o battuto le mani. Eravamo usciti in silenzio dalla scuola, in silenzio e in fretta ma in modo composto, perché a scuola non si corre. Poi, fuori dal cancello, tutti via, come un sacchetto esploso di biglie.

Pensando tutti la stessa cosa.

Ed eccomi lì con la mamma, ad aspettare il papà, con un cane in braccio e un nodo grande al posto della gola. Lui vibrava di gioia repressa, contento, tranquillo nel suo modo agitato da cane. Lui non sapeva niente.

Un Cane aspetta un Bambino.
Un Bambino arriva.
Un Cane è contento.

La prima volta che ho portato Tito nel mondo non riuscivamo a fare due passi che ci fermava qualcuno. Ma che bello, è un cucciolo? Come si chiama? Quanti mesi ha? Di che razza è? Sempre le stesse domande. E io, fiero e paziente, rispondevo a tutti. Lui intanto si sedeva, si grattava un orecchio, annusava qualcosa, leccava una mano tesa, faceva un po' di pipì, e tutti a ridere, come se un cane che fa la pipì fosse una cosa da ridere, una cosa speciale. Be', la gente fa così con tutti i cuccioli, perché magari quando crescono diventano dei cani brutti, con la testona, le zampe corte, le orecchie molli, gli occhi storti, e magari sono zucconi, tonti, lenti, oppure irritabili, ringhiosi, perfidi, ma da cuccioli sono tutti belli in un modo irresistibile: insomma, c'è almeno un momento in cui sono meravigliosi. Però a me pareva che con Tito lo facessero di più, che capissero anche loro, bastava uno sguardo per capire che lui era un cane speciale, diverso da tutti gli altri. Più bello, più buffo, più tenero, più spavaldo, più intelligente, più coraggioso, più tenace, più sbruffone, più tutto.

Mi ricordo quella volta che il papà è tornato dal lavoro stanco e arrabbiato – poi ce l'ha spiegato, un amico di cui si fidava l'aveva imbrogliato facendogli perdere un affare importante – ed è entrato in casa e come al solito c'erano giocattoli un po' dappertutto, ha schiacciato una bambolina, ha abbassato lo sguardo per vedere che cos'aveva calpestato e l'ha calciata lontanissimo, contro la parete, e poi ha detto insomma, sembra una casa dove c'è un bambino piccolo, e aveva un tono, un tono che mi ha fatto venir voglia di sparire, come se fosse brutta, una casa dove c'è un bambino piccolo, che poi veramente era un cane, e nemmeno così piccolo, e quasi ho desiderato di non essere mai stato piccolo nemmeno io, e mi sono precipitato a raccogliere tutti i giochi di Tito e a metterli nel cestino, tanto entro cinque minuti li avrebbe sparsi ovunque un'altra volta. A quel punto è arrivato lui, Tito, e prima ha guardato me con la testa un po' inclinata come per dire ma cosa fai, perché metti via tutto, io non ho mica finito di giocare, e poi ha guardato il papà che era lì in mezzo alla stanza con le spalle un po' curve e la faccia tesa, e gli è andato incontro, piano, e gli si è appoggiato sopra la gamba come fanno i cani quando vogliono una carezza. Il papà allora si è accovacciato e l'ha accarezzato bene, gli ha preso la testa con tutt'e due le mani e l'ha guardato negli occhi, e ha detto beato te, cane, che non hai amici che ti tradiscono. Beato te. Poi ha continuato ad accarezzarlo ed era come se a ogni carezza diventasse meno grigio, meno curvo, meno rabbioso. «Fanno bene, i cani» ha detto alla fine. «Fanno bene al cuore.»

Un Uomo si arrabbia.
Un Uomo è sbagliato.
Un Cane è giusto.
Un Cane aiuta.
Un Cane è contento.

Il papà non era arrabbiato. Era come se dall'ultima volta che l'avevo visto si fosse rimpicciolito. Come se avesse dieci anni di più. È entrato e si è appoggiato alla porta con le spalle, come per bloccarla. Tito si è divincolato fra le mie braccia, mi sono chinato per lasciarlo scivolare a terra e lui si è avventato sopra gli scarponi stringati del papà, prendendo delicatamente un laccio fra i denti, per tirarlo, come faceva sempre. Un rito. Le cose che succedono sempre allo stesso modo e ci fanno piacere si chiamano riti. Il papà si è accovacciato, ha posato una mano sulla testa di Tito: gli copriva tutta la testa, come un ombrello, come un cappello. Sembrava che volesse proteggerlo. Si è rialzato, ha fatto no, no col capo, una, due, tre, cinque volte, come se non riuscisse a fermare quel movimento, come se fosse automatico.

«Può succedere qualunque cosa» ha detto.

«Gliel'abbiamo lasciato fare» ha detto la mamma.

«Sì» ha detto il papà. «È colpa nostra.»

«Anche un fiore è una cosa viva. Solo che non urla» ha detto il papà.

Subito non ho capito cosa intendeva dire. No, non è vero. Ho capito benissimo, ma non ci volevo credere. Non ci volevo pensare.

«Che cosa facciamo?» ha detto la mamma, sempre pratica.

«Non lo so» ha detto il papà.

Io ho stretto Tito più forte. Sapevo solo che cosa non avrei fatto.

Non avrei rinunciato a lui per niente al mondo.

Abbiamo fatto una riunione, quella sera. È stata una riunione lunga. Ci siamo dimenticati di mangiare ma non di dare da mangiare a Tito, che alla fine avevo posato a terra e che ci guardava con quell'aria irresistibile da pupazzo che hanno i cani quando ti chiedono qualcosa. O quando capiscono che c'è qualcosa di strano. La mamma gli ha riempito la ciotola di ritagli di ciccia con un po' di riso avanzato, la sua pappa preferita. Lui ha divorato tutto, e noi tre a guardarlo come se ci fosse qualcosa di miracoloso in un cane che mangia. Poi si è messo tranquillo sul tappeto del salotto, disteso con il muso tra le zampe, come uno che aspetta. Aspettava di addormentarsi, e infatti dopo un po' ha chiuso gli occhi. Noi d'istinto abbiamo abbassato la voce. Parlavamo strano, a scoppi e strappi, un po' rubandoci le frasi, un po' lasciando spazio a lunghi silenzi. La verità è che nessuno sapeva cosa dire. Io parlavo meno di tutti, perché mi è stato insegnato che i bambini ascoltano, perlopiù. E anche perché non riuscivo a pensare a niente di sensato. Con tutto il rispetto, nemmeno la mamma e il papà, e si capiva dalle cose che dicevano. Era un parlare così, di protesta, rabbia e tristezza, frasi che si inseguivano senza capo né coda, senza andare da nessuna parte. Non è giusto. Già, perché quante cose sono giuste in questo paese? Bisogna fare qualcosa. Scappare? Ribellarsi? Forse, se parlassimo con gli altri. Quelli che la pensano come noi. E dove sono? Hanno tutti paura. Sono tutti pronti a dire di sì. Non è vero. Non dire queste cose davanti al bambino. Le dico eccome: è la verità. Ci metterai tutti nei guai. Che cosa dobbiamo fare? Andare via. Ma dove? Il Regno ha piedi lunghi e mani rapaci. Ci dev'essere un posto al mondo dove cose del genere non possono succedere. Sì, sicuro. Tanto vale prendere un vascello spaziale e lanciarsi nell'Infinito. Forse è l'unica cosa che ci resta da fare.

Tutto questo per un cane. Io ascoltavo, perché i bambini ascoltano, e intanto mi si gonfiava dentro come una bolla di orgoglio per i miei genitori, per le loro parole belle e arrabbiate. Era il nostro segreto, ma noi ce l'avevamo ancora, una piantina di gelsomino, sul davanzale della finestra del bagno, il davanzale dentro, intendo, vicino al vetro della finestra che era uno di quei vetri tutti bolle, opachi, che non ci si vede attraverso. Quando veniva qualche ospite la nascondevamo nello sgabuzzino, al buio, e appena gli ospiti andavano via la rimettevamo alla luce. Piccole stelle bianche clandestine sul nostro davanzale. La mamma la chiamava la sua piantina della libertà, e diceva che dovevano essercene altre come quella, sparse per il Regno, ben nascoste.

Già, ma una piantina di gelsomino si può anche nascondere dentro un ripostiglio. Un cane no. Un cane abbaia. Uggiola. Guaisce. Ulula. Un cane ha bisogno di uscire, di andare, di correre. Anche un cane piccolo come Tito.

E dunque?

Intanto lui dormiva, senza pensare a niente. Essere un piccolo cane senza pensieri, dimenticarsi del mondo quando si chiudono gli occhi. Aprirli e vedere lì davanti al naso il proprio gioco preferito, una vecchia pecorella senza più imbottitura, senza più occhi, ed essere felice di addentarlo come se fosse un pasticcino. In quel momento avrei tanto voluto essere lui, per non dover più ascoltare le parole dei miei genitori, belle, affilate e inutili, parole che non cambiavano niente, che non cambiavano la realtà: Tito non poteva restare con noi. Non c'era niente, niente da fare.

Un Cane sente anche quando dorme.
Un Cane sente il mondo sempre.
Il mondo fa rumore di paura.
Un Cane non può dormire.

Deve andarsene.

Forse mi ero addormentato anch'io, seguendo l'esempio di Tito. Forse mi ero solo distratto, o non avevo più voluto ascoltare ed ero diventato impermeabile alle parole, come un'anatra, una foca, una lontra. Ma quelle lì – quelle due – erano precise e pungenti come lunghi spilli. Una rapida tortura che mi ha mandato un lampo lungo la schiena.

Deve andarsene.

Una sentenza, una condanna. A morte.

La nostra città non aveva cani randagi, perché era la città del Sire e perfino i cani, anche se non appartenevano a nessuno, avevano sempre la pancia piena. In città è più facile, per un cane. Però quando ci era capitato di viaggiare lontano dalla Capitale li avevamo visti, i cani soli, i cani senza uomo: magri, solitari, il pelo sporco, gli occhi avidi, le zampe ferite. La solitudine e l'abbandono, niente cibo, niente carezze. Facevano paura ma soprattutto tristezza. Io me li sarei portati a casa tutti, ma la mamma e il papà dicevano che erano pericolosi, pieni di rabbia e odio, pronti a scattare e mordere per tutto il bene che non avevano ricevuto, come per vendicarsi di una mancanza, dell'assenza di qualcosa che nemmeno conoscevano. Ci seguivano per un po' ma erano già rassegnati, sapevano che sarebbero rimasti soli com'erano. Guardarli mi faceva male dentro. Immaginavo come potevano cavarsela, e non era questione di sopravvivere: forse quella era la parte meno difficile. Ma Tito non ce l'avrebbe mai fatta senza di noi. Eravamo il suo mondo. Un cane senza uomini, insomma, non si poteva pensare.

E il Sire ci voleva tutti uomini senza cani.

Deve andarsene. Mi fissavano, la mamma e il papà. Fissavano me. Non Tito. Me.

E allora ho capito.

Dovevamo andare via.

Bisognava portare via Tito, lontano, dove non avrebbe corso rischi. In un pezzo di mondo dove non ci fosse nessun Sire impazzito di noia, capace di comandare al suo popolo la prima cosa che gli passava per la mente.

Doveva essere un posto lontano.

«E casa nostra?» Mi sono guardato intorno. Lasciare tutto questo?

Mi è sfuggito un singhiozzo. Tito ha alzato la testa di scatto, vigile.

«Ne troveremo un'altra. Non importa dove ci si trova, basta stare insieme» ha detto la mamma, premendomi le mani sulle spalle. Poi mi ha abbracciato.

Tito si è infilato nell'abbraccio come fa sempre quando ci vogliamo bene. Come se dicesse: anch'io anch'io. Ho sorriso. Questo cane, ho pensato, mi fa sempre sorridere. Questo cane.

Un attimo di calore che è svanito subito. La voce del papà si alzava e si abbassava, un sussurro, ogni tanto un raspio. Una voce segreta, concitata, veloce, come di uno che ha la febbre e parla troppo in fretta. Immaginava, progettava. Io ero stanco e distratto. Mi sembrava che dicesse delle cose senza senso. Andare via? No, no. Eppure. Se era l'unico modo.

Poi siamo andati a dormire. Vorrei poter dire che sono stato sveglio tutta la notte a pensare al giorno dopo, e quello dopo ancora. Ma non è vero. Mi sono messo a letto e poi più niente. Un sonno nero, senza sogni, ed ecco che era già mattina. Come tutti i giorni, a svegliarmi è stato il pennello caldo e ruvido della lingua di Tito sopra la faccia. Come tutti i giorni ho riso, era quel momento strano e bello di tutte le mattine in cui non ti ricordi niente se non che sei pieno di sonno e di caldo e stai bene, quando non sai niente e ancora tutto è possibile. Prima che la realtà ti prema la sua mano sul petto, pesante pesante. Ho smesso di ridere e ho bloccato Tito, il suo piccolo corpo che quasi mi sta nei palmi. Lui ha continuato come se niente fosse: è il suo lavoro del mattino. Leccatine veloci, rassicuranti: come se mi dicesse ti voglio sempre bene, non è bastata una notte a dimenticarmi di te anche se dentro questa zucca piccola non ci sta tantissimo cervello. Il cervello di un cane di piccola taglia sarà grande come una prugna. Però contiene un sacco di cose.

Ho cercato di alzarmi, ma quella mano mi teneva giù.

Finché restavo nel mio letto con il mio cane che cosa poteva succedere? Poi è venuta la mamma e ha detto dai, è ora, devi andare a scuola. Io ho cercato di protestare, ma come la scuola, siamo qui che nuotiamo nel dramma e mi dici di andare a scuola, ma lei ha insistito. «Cerchiamo di fare come se fosse un giorno qualunque» ha detto, con un lampo negli occhi. Sono stato zitto e mi sono preparato. Il papà era già uscito. Le cose della mattina, e sono uscito anch'io. È stato difficile trattenere Tito, che aveva l'abitudine di accompagnarmi sempre, e poi se ne tornava a casa da solo facendo un giro largo e solitario che doveva piacergli tantissimo, perché la mamma diceva che tornava stanco e contento, e poi dormiva tutto il resto del giorno, aspettando che gli suonasse dentro la campanella che diceva che doveva venire a prendermi. Come al solito quando ho aperto la porta si è infilato nella fessura e una volta fuori si è voltato a guardarmi, come per dire muoviti, pigrone; gli abbiamo ordinato di rientrare ma lui non ha voluto capire ed è rimasto lì finché la mamma non l'ha trascinato dentro prendendolo per il collare. Un cane piccolo si trascina bene, e poi scivola sul pavimento liscio. Ho pensato: se fosse un gatto sarebbe più complicato. Che pensiero stupido. E l'ho sentito uggiolare dietro la porta appena richiusa: protestava per qualcosa che non capiva.

Il Bambino non vuole un Cane.
Il Bambino va da solo.

Un Cane resta.
Un Cane non è contento.

Davanti a scuola era tutto normale, solo un po' più silenzioso. I soliti mucchi di soliti amici come attratti da uno stesso magnete che invece respinge gli altri. Il mio magnete – palla, figurine, avventura, cani – aveva già messo insieme Eze, Asa, Sisko. E me. Stavano lì vicini a calciare la ghiaia, zitti. «Allora?» ho detto, avvicinandomi.

«Allora niente» ha detto Asa.

«Non si può parlare» ha detto Sisko.

«Non se ne può parlare» ha detto Eze.

«Bisognerà fare qualcosa» ha detto Asa.

«Però non se ne può parlare» ha ripetuto Eze.

Tutti dentro, di malavoglia. L'Editto, riprodotto in decine di copie, foderava l'ingresso e penzolava al posto dei nostri disegni che qualcuno aveva fatto sparire. Impossibile non vederlo. Impossibile ignorarne il messaggio tetro. Il Direttore ha fatto il giro di tutte le classi e ci ha letto una poesia. La faceva spesso, questa cosa della poesia, ed erano sempre cose belle, parole messe in un ordine che le parole parlate non hanno, un ordine che le fa più preziose, anche se sono le stesse che usiamo tutti i giorni: ma quelle sono consumate, come vecchie scarpe comode, e invece dentro la poesia, messe in un certo modo, brillano come sassi bagnati o piccoli vetri in riva al lago.

La poesia di questa volta era così triste, così triste. E misteriosa. L'Editto parlava di cani: cosa c'entravano gli uccelli?

La Speranza è l'essere piumato
Che nell'anima fa il nido,
E canta un canto muto,
E mai non tace,

E dolcissima la ascolti dentro il vento;
Tremenda la tempesta
Capace di confondere l'uccello
Che tanti ha riscaldato.

L'ho udita nella landa più ghiacciata,
E sul più straniero dei mari;
Eppure mai, nello stremo,
Una briciola mi ha domandato.

Di quel giorno di lezione non ricordo niente. Eppure dovrei: è stato l'ultimo. A me piaceva la scuola, era sempre piaciuta. Avrei dovuto provare dispiacere, perché dopo niente sarebbe più stato uguale. E invece no. Niente: un vuoto, un'assenza. Non ricordo nessuna delle materie, nessuna faccia di professore, nessuna spiegazione che portasse con sé la sorpresa e la meraviglia e la fatica e la noia dell'imparare. Niente. Solo la voce del Direttore, questa sì, e le parole della poesia,

---

1 La poesia è *Hope is the thing with feathers* di Emily Dickinson.

impresse come sigilli sul mio cuore pesante come una pietra.

Sono tornato a casa lento, come se avessi avuto scarpe di piombo. Avevo paura che durante la mia assenza fosse successo qualcosa. Se non avessi più trovato Tito? Forse erano bastate quelle poche ore. Eppure questo pensiero avrebbe dovuto mettermi le ali, la fretta, caricarmi il passo di una corsa sfrenata. Invece no. Era più grande il timore, e mi teneva ancorato a terra come una zavorra. I miei amici, quelli con cui facevo la strada di solito: tutti spariti. Anche loro avevano cani da proteggere, da difendere. Forse da portare via.

Poi è successo tutto in fretta, come a compensare quella lentezza. Tanto meglio: non ho nemmeno avuto il tempo di pensare. Sono arrivato e la porta era socchiusa, la mamma è sbucata e mi ha trascinato dentro prendendomi per un braccio: «Finalmente sei qui. Presto, bisogna fare presto. Sono già dai Mommsen.» I Mommsen abitavano due case più in là. Solo due. La mamma mi ha infilato uno zaino verde sulle spalle. Pesante. «Qui c'è tutto quello che ti può servire. L'ha preparato il papà.»

«E Tito?» Allora l'ho visto arrivare: camminava lentissimo, e ogni tanto sembrava che perdesse l'equilibrio, poi si rimetteva diritto a fatica, ancora due passi, uno scivolone, due passi. Mi sono chinato, l'ho preso: era tutto molle, pesante più dello zaino, come se la sua solita carica si fosse esaurita. Come se fosse. Pausa. Paura anche

solo di pensarla, quella parola. Come se fosse morto.
«Cosa gli hanno fatto?»

«Non è niente. Siamo stati noi. Un tranquillante. Nel cibo. Gliel'abbiamo dato noi. Dovrai portarlo in braccio, forse nascondertelo addosso. Se sta calmo è meglio.»

«Sono pronto. Andiamo» ho detto io, fingendo una sicurezza che non possedevo. Mi sono voltato verso la porta. E poi di nuovo indietro. «Andiamo?»

La mamma ha fatto no con la testa, lentamente, e gli occhi le si sono riempiti di lacrime. «No, Miro» ha detto. «Noi non siamo pronti. Non ancora. È successo tutto troppo in fretta. Noi ti raggiungeremo. Ma tu devi andare da solo.»

Da solo.

Solo con un cane.

La mamma mi ha mostrato una mappa: era quella che aveva disegnato lei la sera prima mentre discutevano, col suo bel tratto preciso. Si capiva che l'aveva fatta in fretta, era solo uno schizzo, forse avrebbe voluto ricopiarla, ma non c'era stato il tempo. Una sottile linea verde indicava un percorso attraverso la pianura che finiva ai piedi del Monte Gon. Era un posto che conoscevo bene: ci andavamo tutte le estati, da che mi ricordavo. Ma la linea verde proseguiva, aggirava la montagna e attraversava un altro pezzo di pianura, dove io non ero mai stato.

«E papà?»

Come in risposta alla mia domanda – che voleva dire

tante cose: dov'è, cosa sta facendo, viene anche lui, no, lo so che non viene ma dovevo chiederlo lo stesso – mio padre è entrato dalla porta sul retro. Affannato. «Stanno arrivando. Non c'è più tempo da perdere. Hanno preso il cane dei Miller.»

Non sono nemmeno riuscito a chiedere cosa gli hanno fatto, dove l'hanno portato. Non c'era più tempo per niente.

A quel punto il papà ha fatto una cosa terribile.

Si è sfilato il pugnale dalla cintura. Ha afferrato un orecchio di Tito e gliel'ha tagliato.

Non tutto. Era solo un pezzettino. Ma me ne sono accorto dopo che era solo un pezzettino. Intanto ho visto soltanto il sangue. Tanto sangue. E Tito che piangeva, piangeva, guaiva, scrollando la testa. Ma piano, al rallentatore, un suono soffocato: come se la medicina smussasse anche il dolore. Però il sangue no. Gocce di sangue che volavano intorno come piccole gemme rosse. Un lungo spruzzo sulla parete bianca.

È stato tutto molto veloce, però mi è sembrato che durasse un secolo. Era come se il tempo – lo stesso che non ci bastava più – avesse preso un altro tempo, un tempo lento che rendeva tutto più brutto e doloroso.

«Ecco» ha detto il papà. «Così ci crederanno. Speriamo che basti.»

E poi ha detto: «Scusa, Tito. È un male piccolo per salvarti la vita.»

Sembrava che parlasse con me, un me diverso, più

bambino. Come quando voleva spiegarmi bene le cose difficili e sceglieva le parole con calma.

Tito però non ha capito lo stesso. Io ho cercato di prenderlo in braccio, ma mi è scivolato via, come una saponetta. Sono corso a prendere un telo bianco e gli ho tamponato la ferita. È diventato rosso zuppo subito. La mamma ha soffocato un singhiozzo, poi è sparita ed è tornata con altri teli. Dopo un po' il sangue si è fermato. Era sulle mie mani, per terra, sul muro, dappertutto. Colava ancora, lento, una goccia dopo l'altra, dal lembo della ferita. Il papà aveva ancora il coltello nella destra e il pezzo di orecchio nella sinistra.

«Mi dispiace» ha detto.

Anche a me, ho pensato. Ma non era per il sangue e tutto il resto, questo l'ho capito. Ci siamo scambiati un lungo sguardo in cui sono passate tante cose. Mi dispiace perché non ho saputo proteggervi. Mi dispiace perché non sono stato capace di fermare questa follia. Mi dispiace perché questo è il mondo in cui ti ho accolto. Mi dispiace perché non veniamo con te. Mi dispiace perché non so come andrà a finire.

Tutto questo, e altro, nelle sue parole.

In quel momento hanno bussato alla porta.

«Stavo giusto sistemando» ha detto il papà, con una voce che non era la sua, come più scura, o forse ero io che non lo sentivo bene, in fondo alla stanza segreta dietro l'armadio dei vestiti. Tutte le case vecchie hanno dei nascondigli. Tito era ripiombato nella sua sonnolenza, e meno male. Mi stava tutto addosso, molle tra le mie braccia, un peso morto. No. Un peso e basta.

«Molto bene. Avete già disposto del corpo?» Era una voce fonda, autoritaria, da soldato.

«È la prima cosa che ho fatto. Non volevo impressionare mio figlio.»

«Capisco.» Una lieve incrinatura in quella voce ferma. «Gli ordini...» Poi, più severo: «Gli ordini vanno eseguiti, costi quel che costi.»

«Già» si è lasciato sfuggire il papà. Strano come una parola così piccola possa contenere mille sfumature: la rabbia, la ribellione, il disprezzo.

«Avete fatto il vostro dovere. Siete un bravo cittadino» ha detto il soldato.

Il papà non ha detto niente. Ho cercato di immaginarmelo, con tutto quel sangue in giro che simulava la morte del nostro cane, e un soldato ingenuo o forse solo dispiaciuto che gli credeva o fingeva molto bene di credergli.

«E vostro figlio dov'è?»

«Ah, non saprei. È scappato via quando ho dovuto... insomma, mi capite.»

«Sì. Anche il mio...»

Uno scalpiccio pesante, un'altra voce, più grossa e pastosa: «Qui siamo a posto?»

«Sissignore.»

«Allora non perdiamo tempo. Andiamo.»

Rumore di passi che si allontanano. Rumore di porta chiusa.

Una lunga, lunga pausa di attesa.

Dopo un'eternità o anche due, la mamma ha aperto la porticina, ha fatto largo con le mani nella folla di cappotti che mi premevano addosso con il loro odore di stoffa chiusa. Tito sembrava addormentato. La lingua gli penzolava tra i denti, un nastro viola, molle. La benda bianca all'orecchio come un fazzoletto da pirata. Non l'avevo mai visto così. Così abbandonato.

«Adesso devi andare» ha detto il papà. La mamma ha annuito, stringendo le labbra fino a farle diventare una breve linea muta.

Non abbiamo nemmeno avuto il tempo di dirci addio. Il papa mi ha preso per le spalle e mi ha costretto a voltarmi. Poi ha aperto lo zaino che avevo tenuto tutto quel tempo sulle spalle e ci ha infilato Tito. «Devi portarlo così, almeno per uscire dalla città. L'effetto della medicina durerà giusto qualche ora. Poi Tito si risveglierà e potrà camminare da solo. Ma tu continua a portarlo, sarai più veloce. Almeno fino alla fonte Itria.»

«E dopo?»

«Vai avanti, segui la mappa. Non fermarti finché non sei al bosco di Celm. Noi ti raggiungeremo. Partiremo appena possiamo. Bisogna pensare al futuro. Tu te la caverai benissimo. Diremo che sei ammalato. E intanto ci prepariamo. E veniamo. Vai fino alla fine della mappa, e aspettaci lì. Noi ti raggiungeremo, e poi continueremo insieme.»

«Per dove?» Sembrava che la voce mi fosse sparita: ce n'era solo un filo, sottile, pronto a spezzarsi.

«Per un posto dove non ci siano editti folli e sovrani ancora più folli e un popolo disposto a obbedire. Da qualche parte ci dev'essere un posto così, e noi lo troveremo. Insieme.»

Era così sicuro, così sicuro mentre parlava così che mi è nato dentro un coraggio immenso. Certo, ce l'avremmo fatta, perché noi avevamo ragione e volevamo solo una cosa giusta. Potevamo farcela. In fondo era solo un'avventura cominciata nel modo sbagliato.

Volevo crederci.

Poi un dubbio. «E se non arrivate?»

«È impossibile. Ce la faremo per forza.»

«Sì, ma se non arrivate?»

Non so perché mi veniva da chiederlo e richiederlo. Avrei dovuto fidarmi ciecamente di quello che mi dicevano il papà, e la mamma. Ma era uno di quei momenti in cui non credi più a niente.

«Se non arrivassimo» ha detto la mamma in un sussurro «vuol dire che dovrai andare avanti da solo. Ma non succederà.»

E così sono partito.

Mi hanno fatto uscire dalla porta sul retro: dava sul nostro giardino, e poi, alla fine, bastava superare un muretto basso e c'era il fiume con le sue rive selvatiche e le erbe alte in cui era facile nascondersi. C'ero andato tante volte a giocare all'esploratore, con i miei amici, con Tito, senza poter immaginare che la mia avventura vera sarebbe partita proprio da lì. Un saluto breve, l'abbraccio del papà, il bacio della mamma. E via. Cominciava a scendere la sera, col buio sarebbe stato più facile nascondersi. Impossibile sbagliare: bastava seguire l'acqua, il suo rumore. Era la prima tappa. Potevo farcela, volevo farcela, e dovevo, anche: per Tito, e per me.

Questa mattina ci siamo svegliati tardi, col sole già alto nel cielo, però doveva essere presto, perché l'aria pungeva ancora la faccia. Una volta dormivo sempre con le persiane serrate, non doveva passare nemmeno un filo di luce. Stavo bene dentro il buio, era un buio sicuro, fatto da strati e strati di cose che mi volevano bene: le coperte, i muri della mia stanza, e tutto intorno i muri della casa, con la porta chiusa al mondo e la presenza leggera di mamma e papà da qualche parte a pochissima distanza. Ma le cose cambiano, e noi cambiamo con loro. Per esempio, da quando viviamo in questo modo non bisogna più aprire a Tito perché esca a fare la pipì e il resto la mattina prestissimo, quando il cielo non ha ancora deciso di che colore essere. Lui va dove vuole, quando vuole, e basta. Immagino che all'inizio fosse disorientato, con tutto questo fuori intorno, da esplorare a suo piacimento: come se non ci fossero più limiti. A volte i limiti ti fanno star bene, perché sai dove sei. Adesso io e Tito siamo solo un puntino nel mondo, e non c'è nessun dentro, c'è solo fuori e ancora fuori.

Però stiamo bene. Il cibo non ci manca: tengo come riserva le provviste che mi ha dato la mamma e stanno ben nascoste in fondo allo zaino, cose semplici fatte per durare a lungo, non le abbiamo ancora usate. Tito ha ritrovato la sua parte selvaggia e mangia cose orribili come grosse falene, cavallette, lucertole: ce n'è quante ne vuole, e devono essere imbottite di proteine, perché ha un bel pelo, e gli occhi vivaci, e non sta mai fermo. Io invece raccolgo i frutti di bosco ed è sempre come se fosse festa, anche se è un peccato non avere la panna o la crema per tuffarceli dentro. Tiro fuori dalla terra le radici di manduca, le lavo bene e le mastico. Qualche volta sottoterra trovo delle cose che somigliano a patate, le riconosco dalle foglie, le avevo viste in un libro, e le cuocio sotto la cenere, sono buonissime, sanno di fumo e dolcezza. Passiamo i nostri giorni così, andando e cercando cibo, come se le due cose non potessero non andare insieme. Ci muoviamo verso una macchia lontana sulla mappa, il luogo dove tutto andrà a posto, dove troveremo la mamma e il papà, magari loro arrivano prima, sono veloci, loro sono grandi, santo cielo. E insieme saremo pronti a continuare insieme verso il mondo che vogliamo.

Il papà diceva sempre che è il viaggio che conta, non la destinazione. Forse ha anche ragione; forse però il viaggio te lo godi quando sai dove stai andando. Io non lo so, e sono anche stufo di tutto questo andare, andare. Vorrei arrivare. Ma anche questo mi fa paura: l'arrivo è la fine del viaggio. E se per noi fosse la fine e basta?

Forse il Sire ha scoperto che io sono fuggito, che Tito non è morto, che i miei genitori contavano di raggiungermi al più presto. Loro non sono riusciti a partire. Li ha fatti catturare e torturare. Non hanno proprio potuto tenere la bocca chiusa – gli eroi abitano solo nei libri – e hanno detto dove sto andando. Forse quando arriverò non troverò loro, ma le guardie che faranno quello che avrebbe già dovuto essere fatto, taglieranno la gola a Tito, e quanto a me non so proprio cosa potrebbero farmi. Sono un bambino. Si torturano i bambini? Si prendono e si gettano in prigione per sempre? Forse sì. Forse in questo mondo sì.

E allora ecco che questa bella mattina non mi sembra più così bella, i miei pensieri partono leggeri e finiscono sempre lì, a quel nodo di cose che non posso sapere e nemmeno immaginare. Una volta mi piaceva immaginare, era un modo per fare dei giri con la testa, per figurarmi cose che non esistono, cose impossibili e bellissime. Adesso riesco solo a pensare alle cose brutte e possibili, a quelle che ci possono capitare.

Ma Tito mi guarda. È in piedi vicino a me, il suo essere in piedi su quelle sue buffe zampette corte vuol dire che ha il muso all'altezza della mia faccia. Mi lecca piano, esitante, come se non capisse bene se mi fa piacere o no. Siccome non lo allontano, continua più sicuro, mi si butta addosso, matto, mi riempie il collo di calore. Non posso fare a meno di ridere, è come se venisse automatico. Come se quella sua lingua a nastro avesse premuto il bottone giusto. Non voglio spegnermi. Adesso mi rotolo verso di lui, lo accarezzo, e lui si siede, si gode questo momento. Avere la sua testolina che vive sempre nel presente, qui e ora. Senza pensieri scuri su quello che succederà, senza brutte memorie di quello che è successo. Ci provo: se sono un cane che cosa voglio adesso? Ascolto il mio corpo: dice fame e sete. Gli obbedisco, mi alzo e vado al ruscello. Mi riempio la bocca e la pancia di quest'acqua fredda buonissima. Lui, vicino, fa lo stesso, ma prima mi guarda inclinando la testa, incuriosito. Non mi sono mai messo a quattro zampe per bere, come fa lui. L'orecchio tagliato sventola alla brezza del mattino come una bandiera: strappata dal nemico ma ancora gonfia di vento. Se penso come un cane almeno per un po' sto bene. È quello che faccio, e anche oggi può cominciare.

Un Cane non sta lì
Un Cane fa
Un Cane è

La prima notte, un secolo fa, è stata lunghissima. Non avevo mai passato una notte intera fuori casa da solo, e sveglio, per giunta. Lo zaino mi batteva sulle spalle, un peso rassicurante, quasi come l'impronta dell'ultimo abbraccio dei miei genitori. Non sapevo che cosa c'era dentro, però ero sicuro che ci fossero tutte le cose necessarie, non c'era bisogno di guardare. Sopra ogni cosa c'era Tito, necessario e non leggero: mi sono accorto molto presto che centocinquanta once di cane possono pesare tantissimo. Procedevo spedito, senza guardarmi indietro, ma dovevo stare attento a dove mettevo i piedi, perché anche se c'era la luna lungo il percorso del fiume spesso si smarriva in un fitto di erbe così alte che la nascondevano. Certo, nascondevano anche me, quello era il vantaggio. Ma non potevo inciampare, rischiare di cadere o storcermi una caviglia: la fuga era appena cominciata.

La notte era piena di rumori. Avevo la sensazione che qualcuno mi seguisse, e continuavo a voltarmi di scatto per sorprenderlo, ma poi mi sono reso conto che era solo il fracasso che facevo io stesso scostando le erbe, un rumore che sembrava rimbalzare contro le foglie e venirmi addosso cento volte più forte. Nel silenzio tutto diventa più sonoro. Anche il mio respiro, che mi rimbombava dentro la testa. Sapevo di dover mantenere un'andatura regolare: era inutile che mi mettessi a correre per ritrovarmi sfinito. Ma il tamburo del mio fiato sembrava il ritmo di un equipaggio di canoa, e le mie gambe lo seguivano accelerando. E poi c'era il sangue, che pulsava dentro le orecchie come se stessero per esplodere, *tunf tunf tunf*, forse arrabbiato per quell'altro sangue versato in modo così ingiusto, sangue di cane, un sacrificio stupido e inutile. E non pensavo alle poche gocce colate dall'orecchio di Tito, no: pensavo a chi aveva obbedito all'Editto, per vigliaccheria o semplicemente per paura. Ai cani del vicinato, Ombra, Balza, Stiletto, che correvano lungo le staccionate quando passavo, cercando una carezza col muso infilato nelle aperture. A ripensarci, quel giorno tornando da scuola non ne avevo visto né sentito uno. Sembrava che non ci avessi fatto caso, forse per difendermi da quell'orribile pensiero, ma invece la mia testa aveva registrato i silenzi, la mancanza di movimento. Che fossero già morti, a quel punto? O forse i loro bambini e i loro uomini avevano escogitato qualcosa, come me, la mamma e il papà? Allora forse avrei incontrato qualcuno sul mio cammino: qualcuno come me, qualcuno come noi.

Lui non si muoveva, e diventava sempre più pesante, o forse era un'impressione mescolata allo spavento. Era come portare un grosso sasso in cima a tutto il resto. Chi sarebbe così stupido da cominciare una fuga con un grosso sasso nello zaino? Ma se stavo fuggendo era proprio per lui. Pensavo a tutti i giorni leggeri che mi aveva regalato, alla felicità facile di averlo vicino, e alla fine mi sembrava giusto che tutto quel carico di gioia si fosse compresso sopra la mia schiena. Però pesava tanto. Le cinghie non sembravano più imbottite ma taglienti, come se fossero strisce d'acciaio, e a ogni passo, a ogni sobbalzo del mio ritmo di marcia veloce mi entravano un po' più a fondo nella carne. Avevo anche sete, ma non osavo fermarmi. L'unica cosa che non sentivo era il freddo, e meno male, perché era appena primavera e la notte qualche volta gelava ancora: ma a quell'andatura era come avere un fuocherello acceso dentro. Dove stavo andando? Lungo il fiume, certo, che correva come un nastro scuro e lucente al mio fianco, più veloce di me. Poter essere altrettanto rapido e sicuro. Invece no, ogni tanto inciampavo, il sentiero era poco battuto, un nastro di pietre, avvallamenti, buche, cumuli di stoppie: ogni passo doveva essere diverso per adattarsi a quel fondo. Mi sembrava di correre, ma forse non andavo nemmeno così veloce. A un tratto l'erba alta è sparita, lasciando spazio a una macchia di cespugli bassi, e alla luce della luna ho visto che ero arrivato alla Pietra Madre. Non mi ero mai spinto fin lì per i miei giochi, ma sapevo dov'era, lo sapevamo tutti in città: era il posto dei ragazzi grandi, dei loro segreti. La roccia era rivolta verso l'alto come la punta di un'enorme freccia. Era là, sulla parte piatta, che si stendevano i ragazzi a guardare le stelle nelle notti d'estate. Era da lassù che si sfidavano a balzare di sotto, e poi tornavano di sopra arrampicandosi senza imbragature, e la sfida era cercare di non rompersi niente, ma un polso fasciato dopo una notte alla Pietra Madre era quasi una medaglia: non importava essersi fatti male, quello che contava era averci provato. E noi, i più piccoli, li guardavamo invidiosi nei corridoi della scuola, aspettando: veniva il momento che loro, i grandi, si stufavano anche di quel gioco. E allora, solo allora sarebbe toccato a noi.

Per me era ancora presto, ma ho provato una specie di gioia selvaggia allargarsi dentro: ero lì, c'ero arrivato, prima di tutti gli altri. Una gioia mesta, perché non c'era nessuno a condividerla. Nessuno avrebbe saputo che ero passato di lì.

O forse sì.

Mi sono sfilato lo zaino, piano, e l'ho appoggiato alla base della pietra, in modo che restasse diritto col suo carico delicato. Ho frugato nella tasca piccola davanti, dove avevo infilato un po' di cose raccolte di corsa, ma importanti. C'era. Una matita da falegname. Ne avevo ereditato un barattolo intero dal nonno, e mi piacevano perché erano grosse, comode tra le dita come colori da bambino piccolo, e lasciavano sul foglio un bel segno grosso e lucido. Mi sono arrampicato sulla pietra, fino in cima. Da lassù la notte sembrava diversa, più lunga e profonda. In lontananza il cielo resisteva ancora alla notte, azzurro scuro, con una riga arancione appena sopra la terra. Ho capito perché ci si sente grandi in quel posto: non si può farne a meno, hai il mondo ai tuoi piedi, l'orizzonte davanti a te. È uno di quei posti in cui senti che tutto è possibile. Poi mi sono chinato e ho cercato il posto giusto. Ho scritto quello che dovevo scrivere, ripassando due, tre volte, in modo che il segno risultasse lucente come su un foglio liscio. La pietra era ruvida, ma al terzo passaggio si è arresa, e ha tenuto la mia traccia. Poche parole per dire una cosa semplice.

Così tutti sapranno.

Miro e Tito sono stati qui.

Il nonno lo diceva sempre: bisogna lasciare la propria traccia nel mondo.

Era proprio quello che avevo fatto.

Certo, la pioggia e la polvere cancelleranno la mia frase. Ma intanto.

Forse un giorno tornerò alla Pietra Madre con i miei amici, come è giusto. Cercherò quella traccia, ricordandomi della paura e della corsa. Sorridendo di me. Forse non la troverò, ma pazienza: tanto è tutto scritto dentro di me.

Avrò un vecchio cane fedele e lento che mi seguirà, un cane vecchio, un Tito vecchio – adesso non riesco nemmeno a immaginarlo – e io andrò piano e mi fermerò ad aspettarlo, con tutta la pazienza del mondo. Dopo, quando tutto sarà finito.

O forse no. Non tornerò alla Pietra Madre, perché non esisterà più.

Forse il mondo sarà così cambiato che niente sarà più come prima. Forse correndo e fuggendo entreremo senza nemmeno rendercene conto in un altro mondo, un mondo vicino a questo ma diverso, tutto diverso. Fa' che non ci sia nessun Sire in quel mondo nuovo. Fa' che da qualche parte, nascosti in una piega del tempo, ci siano i miei genitori che mi aspettano. Io corro, ma tu fammi andare da qualche parte, dalla parte giusta. Non posso pensare che adesso corro e non vado da nessuna parte, e resto sempre qui.

Sono sceso dalla roccia e mi sono accorto che lo zaino si muoveva piano.

Ho allargato l'imboccatura. Un occhio scuro, lucido mi ha guardato.

L'effetto delle medicine calmanti stava per svanire.

Ho preso Tito con tutte e due le mani, l'ho afferrato sotto le zampe davanti, per non fargli male, e l'ho tirato fuori.

Era ancora un po' stordito: è rimasto lì penzoloni, tranquillo, senza divincolarsi. Ma sapevo che non sarebbe mai rientrato nello zaino, adesso che era sveglio.

Ho posato Tito a terra, un sacchetto pesante. Ho richiuso lo zaino e me lo sono rimesso in spalla. Poi sono ripartito con un cane sotto il braccio.

Ho pensato meno male che non ho voluto un cane grosso, meno male meno male. E via di nuovo, verso il confine ancora acceso del giorno che finiva.

Mi sono fermato di nuovo che era notte fonda, o almeno credo. Il fiume era andato per la sua strada e io per la mia. C'era la luna, non serviva accendere fiammelle o fuochi per vedere dove andare. Tito era un pezzo di legno zuppo d'acqua sotto il mio braccio, ogni tanto lo spostavo sull'altro fianco e dopo un po' pesava uguale anche da quella parte. Non riuscivo a camminare veloce, sembrava che ogni passo fosse più breve di quello prima. Mi pareva di essere uno di quei vecchi che hanno qualcosa di rotto nelle gambe, e riescono a muovere solo dei passetti velocissimi, uno dopo l'altro, senza quasi spostarsi, senza andare da nessuna parte, come giocattoli rotti. Mi sono spaventato. Forse stavo correndo da mille anni ed ero diventato vecchio senza accorgermene. Forse sarei inciampato nei miei stessi piedi così lenti e lunghi e goffi, sarei caduto lungo disteso, cane e tutto, e sarei rimasto lì a calciare l'aria, senza andare più da nessuna parte.

Era la stanchezza. Non potevo andare avanti. Dovevo fermarmi.

Ho rallentato e mi sono guardato intorno. Non era più nemmeno notte, il cielo sbiadiva da nero a grigio. L'alba. Uno se la immagina tutta colorata, una specie di tramonto al rovescio, e invece è pallida come un uccello femmina. Pallida e veloce: il grigio si è schiarito, come quando raccogli troppa acqua nel pennello e il colore viene fuori annegato. Anche il mondo era grigio. Ogni cosa ha ripreso i suoi contorni, e quello che di notte faceva paura è ridiventato ciò che era: i cespugli cespugli, gli alberi alberi. Sono andato avanti ancora un po', sempre più lento. Ho visto un mucchio di rocce e ho detto va bene, mi nascondo lì dietro. Ho fatto il giro, e il dietro è diventato davanti. Non so che cosa speravo di trovarci, forse una specie di piccola grotta, non così profonda e buia da averne paura, una tettoia di pietra, una cosa così. Dietro, cioè davanti, ricominciava la pianura. Non era un riparo. Era solo un mucchio di sassi all'inizio del grande cammino. Ma non potevo muovere un passo di più. Sono scivolato a terra, mi sono sfilato lo zaino dalle spalle e ci ho posato sopra Tito. Lui è balzato giù, ma non è andato da nessuna parte. Ha fatto un giretto lì intorno, alzando la zampa. Mio. Mio. Mio.

Strano, avrei dovuto sentirmi più al sicuro prima, nascosto dalla notte: non vedevo nessuno, nessuno vedeva me. E invece stavo tranquillo così, a guardarmi intorno, a guardare dov'ero. Stavo così tranquillo che mentre da dietro le montagne il sole sparava i suoi primi raggi mi sono addormentato.

Nel frattempo, parecchio lontano da lì, i genitori di Miro stavano preparando la fuga. Erano riusciti a coprire la sua sparizione per parecchi giorni: nessuno si era stupito che un bambino che aveva appena perso il suo cane non volesse uscire a giocare, non avesse voglia di andare a scuola. E il Sire non aveva emesso editti che ordinassero a tutti i bambini appena privati dei loro cani di presentarsi alle lezioni. Forse semplicemente non ci aveva pensato. E invece avrebbe fatto bene a controllare: perché erano tante le famiglie che avevano fatto la stessa cosa, mandando via in tutta fretta figli e cani insieme. Tutte quelle che abitavano abbastanza lontano dalla Reggia, tutte quelle in cui i soldati non erano piombati immediata-

mente a controllare che gli ordini del Sire fossero stati eseguiti con il necessario zelo.

Non era stato facile capire subito di chi potersi fidare: i fedelissimi del Sire erano dappertutto. Magari anche il vicino di casa, quello che di solito brontola sottovoce per l'ennesima tassa e inveisce contro i soprusi dei funzionari, era pronto a tradirti. Ma era bastato guardarsi occhi negli occhi, tra le famiglie di coloro che avevano posseduto cani molto amati, per riuscire a comporre in pochi giorni una rete di complicità. Ogni famiglia aveva dato al suo bambino fuggiasco indicazioni diverse, ma in fondo uguali: raggiungere un punto del regno abbastanza lontano dalla capitale ma non troppo, impervio ma non troppo, un luogo a portata di bambino e di cane insieme, e aspettare lì. Il patto era che ciascuna coppia andasse a recuperare il proprio bambino e il proprio cane nel punto prestabilito e poi tutti puntassero verso un altro luogo, più lontano e decisamente più difficile da raggiungere, per decidere insieme sul da farsi. Non c'erano molte alternative: la cosa più semplice era sconfinare, migrare in una delle Nazioni vicine, magari il Potentato, che a quanto sapevano era più tollerante verso i profughi. Perché era quello che sarebbero diventati, il tempo di chiudere le porte delle loro case e voltare le spalle alla capitale: profughi, fuggiaschi che avevano rinnegato le leggi del Regno. Sapevano tutti di correre un immenso rischio: se fossero stati fermati e riportati indietro, la punizione del Sire sarebbe stata terribile ed esemplare. Ma i loro bambini quel rischio lo stavano già correndo, e da soli. Non si poteva andare avanti così. Bisognava inventarsi una nuova vita altrove, a tutti i costi.

Zena girò per l'ultima volta la chiave nella toppa e la strinse forte nel pugno. Era casa sua, tutto quello che aveva, il cuore della sua vita, il luogo degli oggetti cari, delle cose scelte, raccolte, curate, amate. E doveva lasciarla. Portò il pugno alla fronte, chinò il capo, chiuse gli occhi. Una lacrima le spuntò tra le palpebre.

«Dobbiamo essere forti, Zena» le disse Pal.

Zena annuì e aprì gli occhi. Fece il giro della casa e scavò una piccola buca sotto il grande cespuglio di lantana che nel buio fresco della notte emanava il suo odore acuto di legno e limone. Sapeva che non sarebbe servito a niente: una porta chiusa non ferma i soldati, i loro scarponi, le mani rapaci, la voglia di violare e distruggere. Sapeva che sarebbero venuti, avrebbero abbattuto la porta, e con la scusa di cercare indizi avrebbero rivoltato ogni cosa. La chiave era solo per il suo cuore. La posò nella buca, spinse più a fondo, la ricoprì. Premette la pianta del piede sulla terra smossa. Poi si voltò.

«Sono pronta, Pal» disse. «Andiamo da Miro. E da Tito. Ci stanno aspettando.»

Nel frattempo, parecchio lontano da lì, nella città vuota di cani e avvolta da un mantello di malinconia, i genitori di Miro avevano detto basta.

Già da tempo si riunivano con amici e compagni per discutere degli eccessi del Sire e pensare ai rimedi possibili. Il circolo ribelle si era formato lentamente, con tutta la dovuta cautela. Il Regno era pieno di spie pronte a vendere chiunque ai soldati, e la giustizia veniva amministrata in modo somma-

rio, nei casi di tradimento lampante. Ormai erano una trentina, e contavano gli uni sugli altri. Si incontravano la sera, dopo aver messo a letto i figli, in qualcuna delle case più grandi, quelle che avevano una cantina, uno spazio per stare insieme. Discutevano, si scambiavano pensieri, portavano notizie. Anche nella zona Ovest della Capitale esisteva un circolo come il loro. Anche a sudest. Qualcuno aveva stampato volantini sovversivi, che incitavano alla ribellione. Se li passavano di mano in mano, stupiti dalla temerarietà della gente comune. Ma un conto era scrivere frasi di protesta – ne comparivano anche sui muri, di notte, scritte a caratteri giganteschi, e la mattina dopo tutto quello che rimaneva era una serie di grandi macchie umide, doveva esserci una squadra di cancellatori sempre pronta a intervenire – e un conto era ribellarsi sul serio. Voleva dire mettere a repentaglio tutto, la vita, le famiglie, la normalità. Fino a quel momento tutti erano andati avanti, tacendo e sopportando di giorno, lamentandosi di notte, al sicuro dietro i muri delle loro case. Una protesta sommessa che non faceva nulla per cambiare le cose.

Strano che fosse stato l'Editto dei Cani a liberare le energie, a rompere gli indugi. Probabilmente era stato per via dei bambini. E infatti molti avevano fatto come Zena e Pal: avevano mandato via cane e bambino insieme, perché non c'era altro da fare. Ma non avevano alcuna intenzione di restare a subire le conseguenze delle loro decisioni. Era solo questione di giorni, e la polizia del Sire avrebbe scoperto tutto. Si sarebbe messa sulle tracce dei bambini e dei cani. Si sarebbe abbattuta sui loro genitori.

Ci sono momenti in cui non si può stare a guardare e basta. O chiudere gli occhi aspettando la prossima mossa. Ci sono momenti in cui bisogna agire.

E proprio in quegli istanti, mentre Miro riposava dentro le pieghe della stessa notte, molto lontano da lì, i suoi genitori e molti altri innescarono la scintilla. Le ore che seguirono sarebbero passate alla storia come la Rivolta dei Cani.

Nel frattempo, parecchio lontano da lì...

Questa storia dei frattempi mi ha fatto perdere il conto dei giorni. All'inizio no, sono riuscito a tenerlo, mi sembrava facile. Avevo una mappa, la luce del sole e le stelle da seguire, le provviste, e insomma, che cosa ci voleva? Facevamo un po' come volevamo, e avevo anche smesso di avere fretta: continuavo a guardarmi alle spalle, ma ormai lo facevo in modo automatico, per abitudine, perché era chiaro che nessuno ci seguiva. Sapevo dove stavo andando, non ero stupido e ci sarei arrivato, in un modo o nell'altro. Certo, non incontravamo nessuno sul nostro cammino: ma forse era meglio così, altrimenti avrei dovuto preoccuparmi prima e fidarmi dopo, e magari potevo anche sbagliarmi. Nessuno mi aveva istruito sugli sconosciuti, su come comportarmi se qualcuno mi avesse fermato e avesse voluto sapere qualcosa da me: non c'era stato il tempo. Pellegrini, cavalieri, straccioni: poteva capitare qualunque cosa. Ma la pianura era deserta. Andavamo di giorno, riposavamo di sera: avevo imparato fin troppo in fretta che marciare di notte è pericoloso e insensato, basta che ci siano le nuvole e non hai più punti di riferimento, non sai più dove andare. E infatti a un certo punto senza rendercene conto abbiamo deviato dal percorso, per fortuna me ne sono accorto all'alba, quando ci siamo fermati, sfiniti, e uscendo dalla boscaglia ho riconosciuto sulla mappa i Tre Denti, tre torrioni di roccia che avremmo dovuto lasciarci a ovest da un pezzo e invece si ergevano precisi e netti davanti a noi. Era la strada sbagliata. Dopo il riposo abbiamo ritrovato quella giusta. Da allora il nostro viaggio ha preso un ritmo normale, per quanto possa essere normale il viaggio di un bambino e di un cane da soli. Ma Tito ha sempre quel suo buonumore di cane con sé, io gli parlo e lui mi risponde con la sua voce a scoppi. Quando siamo stanchi ci fermiamo, cerchiamo un po' d'ombra, giochiamo un po', come se niente fosse: basta un legnetto e potremmo andare avanti per ore. Oppure prendo il mio fazzoletto azzurro, quello che mi ha legato al collo la mamma con l'ultimo bacio, ne faccio una palla e lo nascondo dentro un cespuglio, senza farmi vedere. Poi dico 'Vai, Tito' e conto quanto ci mette a trovarlo. A volte sette, a volte dieci, a volte ventitré. A volte ci riposiamo e basta: io seduto, lui col muso appoggiato alla mia gamba. Se voglio gli racconto delle cose, e lui ha sempre quegli occhi così attenti che sembra che capisca tutto. Oppure sto zitto, e a lui va bene così. Racconto delle vecchie storielle e scoppio a ridere da solo, e lui apre la bocca e sembra che rida anche lui. Ma non devo essere divertente per forza, lui è contento lo stesso. Ho preso anch'io l'abitudine di mangiare come i cani, solo una volta al giorno: è più semplice, non si perde tempo, non si è insonnoliti a metà della giornata, andare verso la sera ha più senso, perché sai che poi ti fermerai e ti riempirai la pancia. Più hai fame più ti piace mangiare. Ci fermiamo tre, quattro volte al giorno per bere: il nostro è un Regno ricco di acque, c'è scritto nei libri di scuola, ma è proprio vero, la pianura è attraversata da fiumi di tutte le misure, come una grande rete bagnata stesa sulla terra verde. Qualche volta mi lavo tutto intero, quando ho molto caldo o c'è molta polvere, e Tito entra nel fiume con me, io lo schizzo e lui scappa, poi mi abbaia, buffo, in piedi nell'acqua che gli arriva fino al mento, ridicolo, serissimo. Poi un tonfo lo distrae: una rana, un pesce salterino. Dove c'è acqua c'è vita. Va tutto bene.

Solo che la pianura è finita, e io non so più niente.

Sì, lo so che dovevo raggiungere il bosco di Celm e aspettare. Fino a lì non è stato così difficile. Dieci giorni di marcia. Era quanto aveva previsto il papà, era quello che mi aveva detto negli ultimi concitati momenti prima della partenza: segui la mappa, è chiara, cammina secondo il tuo ritmo, e sarai al bosco in una decina di giorni. Come facesse a saperlo è un mistero, ma è per questo che sono al mondo i papà e le mamme, per sapere le cose che noi non riusciamo nemmeno a immaginarci. E fino al bosco nessun problema. A parte il fatto di essere soli e in fuga, tutto bene. Ho capito che ero perfettamente in grado di contare fino a dieci.

Ma adesso non so più niente. Dovevo fermarmi e aspettare. Uno aspetta qualcosa che deve succedere, qualcuno che deve arrivare.

E se invece non arriva nessuno?

Per quello ho cominciato con i frattempi. Un modo di passare le ore, dopo che io e Tito avevamo esplorato il limitare del bosco di Celm in lungo e in largo, riempiendoci la pancia di bacche. Io di bacche. Lui di altre cose pelose e con gli occhi di cui non voglio sapere niente. E finché erano falene e lucertole pazienza. Ma quando mi sono svegliato da un sonnellino e mi sono accorto che giocherellava con una coda grigia – sì, una coda grigia, piccola, una specie di pallina – ho preferito non capire da dove venisse.

Insomma, le pance erano piene. L'umore era buono. Eravamo riusciti ad arrivare fin lì senza che nessuno ci fermasse o ci catturasse, un cane e un bambino, un bambino e un cane. C'era da essere abbastanza contenti. Bisognava solo aspettare.

Mi dicevo che alla fine era solo come un'avventura di quelle che ti rigiri nella testa quando fai la solita vita, da casa a scuola e ritorno, i compiti, le vacanze che sono sempre toppo poche, i giochi con gli amici. A volte va bene, sono così tante cose che non resta molto tempo nemmeno per fantasticare. Ma a volte invece ti si agita qualcosa dentro, come una specie di nostalgia, solo che è per qualcosa che non conosci, e allora pensi che un'avventura ci starebbe bene. Come quelle nei libri: vai dove non sai, fai cose che non hai mai fatto, e comunque te la cavi, perché sei forte, furbo e magari anche fortunato, se sei un bambino di carta. Le avventure dei libri ti danno fiducia perché finiscono sempre bene: è esattamente così quella che vorresti vivere tu. Ecco, io forse qualche volta l'avevo desiderata troppo, e mi era stata servita, la mia avventura. Era una specie di lunghissimo campeggio, solo che non eri tu a decidere dove e quando fermarti, erano le cose che succedevano, o che non succedevano, a spingerti avanti o a bloccarti fermo paralizzato. Mi dicevo che era come una di quelle medicine che ti danno quando hai la febbre, sono amare, hanno un sapore orribile di polvere, è come mangiare un pugno di farina o di gesso, ma lo sai che ti farà bene, e quindi lo fai. Un'avventura-medicina, necessaria, impossibile da evitare, ma insomma, alla fine buona. Però anche le medicine hanno le loro dosi, che sono giuste per il tuo corpo, e poi smetti di prenderle perché non servono più. Io la mia dose di avventura l'avevo già presa tutta, e mi restava quel sapore amaro in bocca, non riuscivo a farlo venir via. Ma non ero ancora guarito. Quando finisce?

È terribile, aspettare. È il tempo che non passa, da riempire di cose, altre cose. Bisogna non pensare troppo, altrimenti ci si preoccupa. Bisogna pensare ad altro.

Così fantasticavo. Cercavo di pensare cosa stava succedendo in città, che cosa passava per la testa dei miei genitori, quanto tempo ci avrebbero messo ad arrivare. Era come un esercizio di quelli che si fanno a scuola: ti danno una storia senza finale e devi inventarlo tu. Poi il maestro Zaro legge ad alta voce i più belli, o i più originali. Io non volevo che il mio finale fosse particolarmente originale, non dovevo prendere un bel voto: bastava che i miei genitori arrivassero. E via coi frattempi.

Ma tutte le volte che uscivo da un frattempo ero più ansioso di prima. Non tutti mi venivano bene. C'era dentro il dubbio che rosicchiava come un tarlo. E se le cose non stavano andando affatto così? E se nella Capitale non stava succedendo un bel niente? E se i miei genitori erano stati presi prigionieri e rinchiusi in una segreta del Palazzo? E se durante il viaggio era successo qualcosa, qualcosa di terribile, che li aveva costretti a rallentare, a fermarsi, a tornare indietro?

I frattempi alla fine erano anche belli, si potevano riempire di dettagli, proprio come le storie che ti raccontano da piccolo la sera prima di dormire: può anche essere sempre la stessa storia, più o meno, però cambiano i particolari, e sono quelli che la fanno diversa. I se invece erano orribili. Non c'era nessun se che finisse bene. Però non riuscivo a non pensarci, a cacciarli via. Mi spuntavano nella testa da soli, come funghi dopo una lunga pioggia. Prendevano tutto lo spazio. Mi lasciavano con lo stomaco dolorante, come se avessi mangiato qualcosa di sbagliatissimo. Non riuscivo nemmeno più a giocare con Tito: lui mi portava i legnetti, li spingeva verso di me e io niente. Come se non avessi la forza di raccoglierli e lanciarli. La sera mettevo insieme stancamente un po' di cibo, pescando tra le provviste e nei dintorni, e poi volevo solo addormentarmi.

Ma non potevo solo dormire. E se un giorno non mi fossi svegliato? E non riuscivo a smettere di pensare. Ho capito che stavo aspettando invano. Ho capito che se aspettavo ancora sarei diventato matto. E la mamma me l'aveva detto: se non arriviamo, vai avanti da solo. Mi aveva dato il permesso.

Mi sono chiesto: diceva sul serio? Mi sono risposto: certo che sì.

Forse era davvero successo qualcosa di terribile. Non potevo far finta di niente e star lì ingenuo ad aspettare che quel qualcosa raggiungesse anche me. A volte le mamme ti danno il permesso di fare delle cose pericolose, come andare a dormire in una tenda sotto le stelle con i tuoi amici, e si sa che si corrono dei rischi, ma loro dicono sì, fallo, vai. Perché sanno che è bene per te.

Così mi sono preso il permesso e siamo ripartiti.

Ho lasciato una traccia dietro di me, nel punto segnato sulla mappa, dove avremmo dovuto incontrarci. Il fazzoletto azzurro che mi ha dato la mamma: è appeso a un ramo in alto, dove le bestie di passaggio non possono strapparlo, ma lei lo vedrà di sicuro. Loro vedranno e capiranno.

Qui il vento spira sempre verso sud. Il fazzoletto è come una bandiera che punta sempre dalla stessa parte. È là che sono andato. Capiranno anche questo. In famiglia siamo tutti molto svegli.

Ho lasciato una seconda traccia inchiodata con le spine al tronco dell'albero più grande di tutti, quello che non si può non guardare tanto è forte e alto e immenso: la mappa. La spina più grande trafigge proprio il disegno del bosco, nuvolette in inchiostro verde. Così sono sicuri che io sono stato qui.

Capiranno e seguiranno i segnali che seminerò sul mio cammino, perché il passaggio di un bambino e di un cane non è così facile da nascondere, perché io non faccio niente per nasconderlo.

È come un gioco, una caccia al tesoro. Il tesoro siamo noi, io e Tito.

Ci troveranno.

Cammino e calcio i sassi: volano davanti a me e Tito corre a prenderli credendo che sia un gioco. Ma non fa in tempo. Un altro calcio, un altro sasso. Ogni sasso un pensiero, ogni pensiero un passo. Forse sto diventando un poeta, a furia di pensare. Credo di non aver mai pensato così tanto in vita mia.

Sono sicuro che i miei genitori si stanno occupando di me da lontano. Che stanno facendo le cose giuste, le cose possibili per avvicinarsi, per venirmi a prendere, anzi, venirci a prendere, e portarci via con loro in un posto più sicuro che conoscono loro, perché ci deve essere un posto più sicuro, e se non sanno loro dov'è e come arrivarci, chi dovrebbe saperlo? Io, che mi ritrovo buttato così dentro un'avventura orribile, che non ho chiesto né voluto? O magari Tito, con la sua testa da cane? I cani non leggono, i cani non sanno niente. Mamma e papà hanno una parete intera coperta di libri, a casa. Qualcosa devono aver imparato, a furia di leggere. Qualcosa di utile per tirarci fuori da quella situazione spaventosa. Forse sono là che stanno studiando.

Non potevano venire con me subito? Sono impazziti, a spedirmi via senza accompagnarmi, guidarmi, proteggermi? Io sono solo un bambino. Non si fa così. Non è giusto. È da matti.

Ma forse era la sola cosa da fare, anche se sembra folle i miei genitori hanno fatto bene a mandarmi via subito con Tito. Hanno fatto quello che devono fare i grandi con i bambini: prendere le decisioni per te. E hanno deciso giusto, anche se è pericoloso. Anche se mi mette in pericolo.

Un sasso, un calcio, un passo, un altro passo. Forse ho sbagliato a partire. Non posso voltarmi e tornare indietro. Un sasso, un passo.

Abbiamo finito le provviste. Un sasso, un calcio, un passo. Un cane che corre avanti e indietro nella polvere. Ha cambiato colore. Non è più grigio: è bianco. Un cane bianco di polvere. Tosse. Un cane con la tosse. Un bambino con la tosse. Un sasso, un passo.

Forse ci sono delle cose che bisogna fare da soli e basta. Come quando giocavamo a Rischio: andavamo in un prato molto grande ai confini con la foresta, oltre il fiume. Era una cosa segreta, quindi non eravamo in tanti, quattro, cinque al massimo. Avevamo tutti l'arco e le frecce. Puntavamo le frecce verso l'alto, come per bucare il cielo o le nuvole, una perfetta squadra di arcieri. Tre, due, uno, al via le frecce partivano tutte insieme, sibili leggeri, il tremore delle corde che tornavano al loro posto. Poi ci mettevamo a correre. Il patto era di non guardare in alto. Dovevamo correre per tutto il prato, in disordine, a caso, senza guardare, senza guardarci.

E poi le frecce cominciavano a cadere. Tonfi sordi, secchi. Si piantavano nella terra. Una, due, tre, quattro, cinque. *Stoc, stoc, stoc.* Tutto attorno a noi. L'impennatura che continuava a vibrare a lungo quando la freccia affondava per terra. Allora, solo allora potevamo fermarci, e vedere dov'erano cadute. Di quanto ci avevano risparmiato.

Abbiamo smesso solo il giorno che una freccia – non guardare, non guardare – invece di infilarsi nella terra ha trafitto il piede di Jon. Sangue dappertutto, le sue urla, la corsa verso casa, lui appeso alle spalle dei due più grossi, gli altri dietro, gli archi e le frecce raccolti in fretta per non lasciare tracce. Bugie e bugie. Non ci ha scoperto nessuno, nessuno ha saputo, però a Rischio non abbiamo giocato più.

Tito comunque non l'avevo mai portato.

Io lo so che era un gioco stupido, che era sbagliato. Adesso lo so. Forse sono diventato grande tutto d'un colpo. Ma era per dire che ci sono delle cose che bisogna fare da soli. Senza grandi intorno. Anche sapendo che loro non sarebbero contenti. Questa che sto facendo adesso almeno non è una cosa stupida e insensata. È una cosa importante. Ed è pericolosa come Rischio, forse di più. Ma insomma, non l'ho scelta. Mi ci sono ritrovato dentro. Forse il momento di crescere non si sceglie: capita e basta. E quando arriva bisogna essere pronti. Altrimenti si rimane indietro. Si resta quello che si era prima.

Un passo, un calcio, un sasso. Un cane di polvere che si perde nella polvere. Bocca secca. Io qui non cresco, mi rimpicciolisco. Secco come un'uvetta. Piccolo. Tito ha la lingua bianca. Sempre bianca. Fa caldo. Un passo, un sasso. Corri, Tito. Ma Tito non corre più.

I giorni non sono tutti uguali. È questo pezzo di mondo che non cambia, con le sue pietre, le rocce, la polvere. Io non so dove stiamo andando. Io non so perché stiamo andando. Forse ci siamo persi e non arriveremo mai da nessuna parte. Ogni tanto mi sembra tutto giusto e perfino bello, nobile, grande: sono un bambino che sta facendo una cosa straordinaria con il suo cane, con lui e per lui. Guardatemi: sono Miro, ho undici anni e sto portando in salvo il mio cane. Solo che non so dove sto andando, e allora questa cosa così grande all'improvviso diventa inutile. Lo sto portando da qualche parte a morire. Quando non camminerà più, quando non vorrà più seguirmi io non potrò fare niente per lui. È tutto inutile. E dipende tutto da me. Come quella volta che ero in camera mia steso sul tappeto che leggevo e mangiavo cioccolata, e arriva Jon a chiamarmi per andare a giocare da qualche parte e io esco senza pensare e lascio lì Tito, così, come uno stupido, e quando torno il libro è al suo posto e la carta della cioccolata anche, ma la cioccolata no, quella è sparita, e Tito è lì seduto tranquillo che sonnecchia, allora chiedo alla mamma se l'ha presa lei e lei dice quale cioccolata, e così capisco che l'ha mangiata lui, ed è una cosa terribile, i cani non devono mangiare la cioccolata, tanto vale dargli del veleno, allora lo dico alla mamma e lei si agita e corre a chiamare il papà che per fortuna è a casa, sta lavorando nel capanno, e viene subito e si fa raccontare tutto e con la faccia seria non perde tempo e va a prendere qualcosa in bagno nell'armadio delle medicine e la fa bere a Tito, lui non vuole perché non gli piace ma il papà gli tiene la bocca aperta e fa andare giù il liquido trasparente e subito non succede niente, penso be', è una medicina, tutto a posto, e invece poi Tito vomita e sta male, continua a vomitare per un pezzo, sputa fuori tutta la cioccolata sciolta, è scosso dai tremiti, si capisce che sta male. Tutta colpa mia. Io avevo le lacrime agli occhi e alla fine il papà ha detto ecco, è tutto passato, ora starà bene, e gli ha dato da bere dell'acqua fresca, ma lui era tutto molle, spossato, e subito dopo aver bevuto si è addormentato di colpo, un mucchio di pelo sudato e tremante. Allora, solo allora il papà mi ha guardato e davanti a quegli occhi mi sono sentito morire e ho detto non è giusto, ho sbagliato io e sta male lui. È la responsabilità, ha detto il papà. Funziona così. Puniscimi, ho detto io. Credo che tu sia già a posto così, ha detto il papà, e aveva ragione.

La responsabilità. Io sono responsabile di Tito, e non ci ho pensato nemmeno questa volta. Sono stato uno stupido, dovevo fermarmi al bosco di Celm come mi avevano detto, e aspettare. Qualcosa sarebbe successo. Se lo dicono i grandi, qualcosa succede per forza. Ho fatto un errore. D'accordo, è vero. Ma l'errore forse è all'inizio. L'errore è voler bene a un cane. No: voler bene in questo modo a questo cane. Ma andiamo: amare un cane, che errore è? E che mondo è, quello in cui si viene puniti per l'amore?

Ma queste sono domande giganti, e ancora una volta non capisco, da solo non so rispondere, e qui non c'è nessuno che risponda per me. Ci rinuncio e mi accontento di guardare Tito che gioca. È quasi sera, fa meno caldo, ci siamo fermati, sembra meno stanco. Adesso che lo osservo bene non sembra stanco per niente. Dove la prenderanno i cani tutta quella energia? Con una mia maglietta tutta strappata che non posso mettermi più gli ho fatto un'altra palla, bella grossa. Lui la spinge con il muso e la fa rotolare velocissima, sembra impossibile che un grumo di stoffa possa filare così nella polvere, ma lui la manovra come se fosse un intero gregge, e lui il cane pastore. Tito, pastore di palle. La risposta è qui, nel suo gioco, nella mia contentezza di poterlo guardare ancora e ancora. Tito si accorge che lo osservo e di colpo abbandona il gioco, si avvicina esitante. Si siede davanti a me e mi guarda con la testa inclinata. In questo momento gli voglio tutto il bene del mondo e non mi dispiace nemmeno un po' di aver abbandonato tutto quanto conoscevo per lui. Non potevo fare in un altro modo. E così il dolore si scioglie nell'amore, e tutto quello che resta di questa confusione è la pace che sento dentro. Sono un bambino che guarda giocare il suo cane. È la cosa più semplice del mondo.

E lo dico, anche se so che è proibito, impensabile e se qualcuno mi sentisse verrei condannato a morte, una morte lenta e terribile. Ma tanto qui non c'è nessunissimo a sentirmi. Lo dico: al diavolo il Sire e le sue stupide leggi. Lo dico, lo urlo, mi alzo e giro su me stesso e lo ripeto ancora e ancora. Qui non c'è nessuno a sentirmi e posso essere coraggioso. Me lo dico da solo: io *sono* coraggioso. Ho sfidato il Sire, gli ho disubbidito. Per adesso ho vinto.

Ma poi smetto di girare e di colpo sono stanco, stanco. Alzo la testa e quello che vedo fa male.

Se uno non ha mai visto il deserto non se lo può immaginare. Non è fatto di sabbia, questo qui no, almeno. È solo roccia, colline di roccia, una pianura di roccia. Senza fine.

Basta, svegliatemi. È un incubo. Non so come ci sono finito dentro, è assurdo anche solo pensare che possano succedere cose così. Andiamo: un bambino solo con un cane che fa un viaggio verso chissà dove, senza grandi, senza nemmeno sapere bene dove va. Un bambino che deve badare a sé stesso, e anche al suo cane, sempre, sempre.

Oh, certo che posso occuparmi di Tito. La responsabilità. Ma come facevo prima: il cibo, l'acqua, la spazzola, fare attenzione che non gli si attacchino le zecche e semmai toglierle in un colpo solo, veloce, e poi bruciarle, passargli uno straccio intinto nel petrolio perché non gli vengano le pulci, tagliare il pelo quando è troppo lungo, controllargli le zampe, che non si ferisca con le spine, fare attenzione che non vada nell'erbaspiga che s'impiglia dentro le orecchie e poi viaggia sempre più dentro, sempre più giù, fino a far impazzire di dolore. E portarlo fuori, farlo correre, insegnargli a non sporcare dentro, sgridarlo e dirgli bravo nei momenti giusti perché impari a essere un bravo cane di casa. Ma quale casa, che siamo in mezzo al nulla?

Nulla. Mi guardo intorno e c'è solo questa pianura lunga, larga, che sembra non finire mai, tutta dello stesso colore, con il suo orlo di montagne azzurre che ogni giorno, anche a camminare moltissimo, sembrano sempre ferme nello stesso posto. Questo, e un cane, e me.

Il mio cane.

Non posso dire basta.

Mi tocca dire ancora, ancora.

Così vado avanti. E lui mi segue. Anche quando va avanti, con quel suo modo allegro e spavaldo di correre avanti ad annusare il mondo, in realtà io lo so che mi sta seguendo. Nel senso che va dove vado io. Se mi fermassi, si fermerebbe con me. Non si azzarderebbe a lasciarmi. O forse farebbe una sua piccola corsetta in avanti, un tentativo di avventura, ma poi tornerebbe indietro, annuserebbe il terreno e girerebbe in tondo fino a diventare anche lui un tondo fermo, un cane acciambellato ai miei piedi. È una questione di legami.

I legami sono cose serie.

I legami non c'entrano niente con le corde e i guinzagli. Io non ho bisogno del guinzaglio per portare Tito con me. Lui ci viene lo stesso, perché vuole e basta. È come se il guinzaglio ce l'avesse dentro, non attorno alla testa ma attorno al cuore. E vale anche per me. Cerco di immaginarlo, un guinzaglio con due anelli, uno da una parte uno dall'altra, che uniscono e avvicinano un cuore di cane e un cuore di bambino. È un oggetto strano, non esiste. Nessuno l'ha mai inventato perché non ce n'è bisogno.

E così mi tiro su un'altra volta, e lui fa lo stesso, e ripartiamo. Non so dove stiamo andando. Forse non m'importa nemmeno. Finché andiamo vuol dire che stiamo bene, che possiamo farcela. Col nostro guinzaglio invisibile, insieme possiamo andare dappertutto.

O almeno proviamo a crederci.

Un Bambino non sa.
Un Bambino è stufo.
Un Cane lo tira.
Un Cane va.

Seconda parte

Basta acqua, basta cibo. Basta. Solo la terra ricoperta da scaglie di rocce, come la pelle di un serpente. Il sole sopra la testa. Sterpaglie secche. E il vuoto.

Col vuoto la fatica. E tutto il resto.

Subito non l'abbiamo vista, perché era buio: è più facile che arrivi di notte, approfittando dell'oscurità. Così si mimetizza meglio.

Ero steso dentro il mio sacco a pelo, con lo zaino per cuscino, che cercavo di dormire. Le notti nel deserto sono così fredde, è come se la moneta si rovesciasse e ti mostrasse l'altra faccia, quella tutta diversa. Di giorno il caldo, di notte il gelo.

Lei si è annunciata con una serie di fruscii, cigolii, piccoli sospiri. Quel genere di rumori che ti fanno battere il cuore più forte.

Tito, che era accoccolato contro di me tutto sonnacchioso, è balzato sulle quattro zampe e si è messo ad abbaiare cattivo. Non lo fa quasi mai, quindi ho capito che dovevo preoccuparmi. Mi sono messo seduto e l'ho avvicinato a me, per calmarlo. Vibrava fortissimo, è balzato di nuovo in avanti. Senza più abbaiare.

«Quel tuo insetto di cane che ti porti dietro può anche latrare fino a domattina, tanto io non me ne vado.»

Avrei dovuto essere contento, sollevato: finalmente qualcuno con cui scambiare due parole. Non era una guardia del Sire, questo era certo. Ma ho capito subito che era il genere di qualcuno di cui si fa volentieri a meno. L'ho sentito, come una carezza fredda sul braccio, ma nel verso sbagliato.

«Nemmeno io me ne vado, cosa credi» ho detto, fingendomi più sicuro di quello che ero. «Questo è il nostro posto per la notte e non lo lasciamo a nessuno.»

«Ah, se è per quello» ha detto «io non dormo mai.»

«Soffri d'insonnia. Capisco» ho detto, sempre sul chi vive.

«In un certo senso» ha detto. «E terrò sveglio anche te.»

«A farti compagnia?»

Ha riso. Un riso basso e lungo, che sembrava non dover finire mai. Poi ha detto, seria: «In effetti da sola non ho alcun senso.»

Tito ha ripreso ad abbaiare.

«Non fa mai così. Non so cos'ha» ho detto, forse più a me stesso che a lei.

«Io sì. Mi ha, è semplice.»

Mi ha? Ho pensato che fosse uno di quei mostri delle leggende, quelli che fanno gli indovinelli ai passanti e se uno non risponde se lo mangiano. Così mi sono sforzato di capire.

E ho capito.

«Tu» ho detto. «Tu, tu. Io lo so chi sei tu.»

«Sono ammirata» ha detto. «Di solito la gente ci mette sempre un sacco di tempo ad ammetterlo.»

«Quindi non hai intenzione di mangiarci?»

Ha riso. «Oh, no. Mangiarvi. Però, però.»

«Però che cosa?»

«Diciamo che mi piace la compagnia.»

Ecco, ci siamo, mi sono detto. Adesso ci toccherà portarcela dietro per sempre.

E infatti.

«Non ti lascerò» ha detto. «Verrò con te. Così non potrai dimenticarti di me, e starai attento a non fare cose troppo sciocche. Una piccola dose di me è come una medicina che prendi in anticipo, prima di ammalarti.»

«Una vaccinazione?» ho detto. Non mi piaceva che mi trattasse come un deficiente. Le cose hanno i loro nomi, e tanto vale usarli.

«Una specie» ha detto, ridendo piano. «Siamo precisi, eh?» Poi non ha riso più. «Detesto essere contraddetta.»

Sono stato zitto ad ascoltarla per un bel pezzo. Ha fatto un discorso lungo, un po' complicato, di cui ho capito solo una parte, quando ha detto che è da sciocchi far finta che non esista, tentare di ignorarla, perché è impossibile.

Ignorarla? Mandava un tale freddo attorno a sé che era come essere entrati in una ghiacciaia per prendere qualcosa e ritrovarsi prigionieri lì dentro con la porta chiusa da fuori. Emanava gelo. Sembrava la Regina di Ghiaccio. Era come avere un vetro premuto contro la pelle.

Anche Tito la sentiva: stava tutto schiacciato contro le mie gambe, con la coda fra le zampe, come quando ha paura. Che stupidaggine da dire, eh? Visto che era lei, la Paura. O almeno ha detto così. Non che si debba credere a tutti gli svitati che si incontrano. Però perché avrebbe dovuto mentire?

Quindi lo ammetto: io e Tito abbiamo sentito la Paura. Siamo stati ad ascoltarla. E poi, alla fine, ci ha lasciati andare.

«Vi lascio andare» ha detto, proprio così. «Per questa volta non vi schiaccerò. Mi siete simpatici. A patto che vi ricordiate di me.»

Impossibile dimenticarla. In quel momento ha armeggiato un po' con le mani sulle bende che le coprivano la faccia. Le ha spostate.

Non posso raccontare quello che ho visto.

Preferisco cercare di dimenticarmelo, o pensare che mi sono sognato tutto quanto.

Forse tutta questa faccenda è soltanto un brutto sogno.

Sì, ma allora quand'è che mi sveglio?

***

Quelle altre due invece sono arrivate a braccetto, come due bambine amiche che ridono di tutti, ridono per niente. Quel genere di bambine che stanno sempre insieme, a scuola, al parco, dappertutto, e non si mollano mai, perché nessun altro le vuole vicine.

Santo cielo, mi sono detto. Comincio ad avere le visioni. Non sapevo nemmeno più che giorno fosse, mercoledì, sabato. È impossibile non riconoscere un sabato, o una domenica: hanno qualcosa nella luce, nei rumori, che li rende inconfondibili. Uno può anche non pensarci, però quando si sveglia appena apre gli occhi lo capisce. Ma lì nel deserto il tempo era tutto uguale. Forse non si degnava nemmeno più di passare.

Ma non erano visioni, perché le ha riconosciute anche Tito, tutto sul chi va là come un grosso cane da guardia, solo che lui non è un grosso cane da guardia, è un piccolo cane compagno, tutto lì. Non si è messo a ringhiare, questa volta no. Era solo mesto, come se lo avesse preso una grande tristezza, come quando ti precipita addosso un brutto ricordo di una cosa lontana. Disteso per terra, tutto lungo, il muso tra le zampe, zitto. Gli occhi lucidi come biglie.

Io non ci volevo parlare, con quelle due, così ho fatto finta di niente. Abbiamo dormito a fatica, e quando siamo ripartiti all'alba erano sparite. Meglio, mi sono detto.

Ma poi, mentre camminavamo, ed era più veloce che

potevamo ma io lo sapevo che era troppo lento, eccole lì dietro le nostre spalle. Come un ronzio. Quelle risatine, quel modo di essere sciocche, fastidiose e presenti. Se mi giravo, ecco che si nascondevano: vedevo solo un cespuglio smosso, uno sbuffo di polvere sollevata sul sentiero da passi veloci. Se ricominciavo a camminare, per un po' mi sembrava di non sentire niente, di averle dimenticate: e poi ricomparivano, leggere, insistenti. Mi sono voltato di scatto, ho raccolto un sasso e gliel'ho gettato addosso alla cieca, sperando di colpirle: il sasso è volato lontano, ha colpito una roccia, è schizzato verso il cielo, è caduto. E loro niente, non c'erano: sparite, svanite. Solo per un attimo. Il tempo di ricominciare il cammino ed erano di nuovo lì.

Eravamo stanchi, stanchi. Ogni passo mi costava la fatica di dieci, i piedi erano pesanti, avevo le ginocchia dure di un vecchio robot abbandonato. Tito non faceva più quelle sue corsette di entusiasmo, da vediamo cosa succede. Stava al passo come il bravissimo cane obbediente che non è. E le vocine sempre lì.

Tanto valeva affrontarle. Mi sono lasciato cadere per terra, sotto il sole, sapendo il rischio che correvo. Ma in quella pianura non c'era un albero, solo bassi cespugli spinosi, e sassi, e polvere, e ancora sassi. Molto lontano sembrava che cominciasse l'orlo di qualcosa di verde, o di blu. Poteva essere una foresta, l'inizio di una montagna, o anche niente, il colore della distanza. Per noi in quella pianura non c'era niente.

Sono venute subito, dandosi la manina come due stupide compagne di asilo. Parlavano una alla volta, ma la voce sembrava la stessa. Erano pallide, con le braccia e le gambe stecche. Due parole e ridevano. Cosa c'era da ridere?

«Siete stanchi?»

«Poverini.»

«Tutto questo caldo.»

«E questo vuoto.»

«Avreste bisogno di cibo.»

«Di acqua.»

E giù una risatina in coro, le vocine diventate una.

«Avreste bisogno di biscotti.»

«Di carne.»

«Di frutta.»

«Buona frutta fresca.»

«E verdura.»

«Il cane no. Solo carne per il cane.»

«Ma il bambino sì.»

«E poi di acqua.»

«Sì, di acqua.»

«Il bambino.»

«E anche il cane.»

Ho parlato io, le ho interrotte. «Andate via. Lo so chi siete e che cosa volete.»

«Lo sa.»

«Sentiamo un po'.»

«Dev'essere sveglio se lo sa.»

«Ma è sicuro che lo sa?»

«Secondo me non sa più niente.»

«Secondo me non sa più nemmeno chi è.»

Ho alzato la testa, a fatica, e le ho guardate.

«Andate via» ho detto, piano. Più forte: «Via, via, via.»

«Non credo.»

«Non penso.»

«Noi stiamo bene qui.»

«Noi stiamo dove stai tu.»

E poi si sono trasformate: sono cresciute a dismisura davanti ai nostri occhi, come se qualcuno le gonfiasse con una pompa, e poi sono come esplose, e se prima erano bambine sono diventate vecchie di botto, con la pelle grigia e gli occhi rossi e le mani ad artiglio che si protendevano verso di noi. Tito si è nascosto dietro le mie gambe. Io non avevo nessun posto dove nascondermi e non volevo scappare, così sono rimasto lì. E loro due ridevano, ridevano, la stessa stupida risatina di prima, non smettevano mai. Mi sono voltato per andar via. E loro dietro, sempre alla stessa distanza: non tanto da toccarci, quel tanto che bastava per darci fastidio.

Lo diceva sempre il nonno: Fame e Sete sono gran brutte bestie.

Aveva ragione.

Camminavo senza guardare indietro, piano, come uno che cerca di allontanarsi da un posto dove ha visto una brutta cosa facendo finta di niente, come se non fosse successo niente. Speravo che si sarebbero stancate. E invece no. Non c'era luogo migliore dove stare appostate, per due iene come quelle là. Una pianura deserta. Miglia e miglia e miglia di nulla. Era il loro pascolo. Ho capito che non me ne sarei liberato tanto in fretta, ma non avevo scelta. Non potevo voltarmi a guardarle. C'era quella leggenda che avevo letto in un libro, di un essere magico che stregava le vittime con il suo sguardo e poi le divorava. Mi è venuto da ridere, non ci avevo mai pensato, ma essere divorati dalla Fame è un bellissimo controsenso. Come se fosse una grande pancia. La Sete lo stesso. Ho continuato a camminare. Non avevo più forza. Presto sarei scivolato a terra e sarei rimasto lì a boccheggiare, e loro addosso, a ridere, ridere.

Poi ho sentito un uggiolio preciso, lontano. Tito. Non m'ero nemmeno accorto che si era allontanato. Che stupido. Avevo pensato solo a me.

Ho sentito il loro zampettare frenetico alle mie spalle, le solite risatine, ma non m'importava niente di quelle due. Non avevo nemmeno più paura. Dovevo andare da Tito, ritrovarlo. Dove si era cacciato? Tipico di lui, seguire i capricci del suo naso anche in un momento come quello. Camminavo e ogni tanto mi bloccavo di colpo, per paura che il rumore dei miei passi coprisse il suo latrato, che mi era sembrato così distante. Dai, Tito, chiamami. Chiamami, così vengo da te. Poi ricominciavo a camminare, in fretta, in fretta, verso un punto che non sapevo nemmeno dove fosse. Forse era tornata la Paura, insieme a quelle due impostore che sembravano pronte a sedersi sulle mie spalle. Ma non volevo scoprirlo.

Finalmente di nuovo quella bella voce di cane, precisa, decisa. Mi sembrava che dicesse vieni, vieni, vieni a vedere. Ma forse ormai ero troppo confuso e agitato per capire il mio cane. E invece sì, era proprio quello il tono: vieni, vieni, vieni a vedere.

Chissà cosa poteva essere tanto importante, tanto interessante da spingerlo a lasciarmi solo.

Ho seguito la traccia chiara della sua voce attraverso l'aria secca della pianura deserta, di corsa. Credevo di non avere più forze, e invece eccomi qui a correre. Non potevo sbagliare. Sapevo da che parte andare. Sapevo che cosa mi aspettava. Speravo. Sapevo.

Tito era fermo immobile davanti a una pietra. La pietra era bagnata, e qualcosa si muoveva sulla sua superficie scura. Scura?

Già, che stupido. Io stavo lì a litigare con due stupidi fantasmi, e Tito intanto si dava da fare. Faceva delle cose.

I cani sono così. Non pensano: fanno.

Acqua. Tito aveva trovato una sorgente. L'aveva sentita, con quel fiuto e quell'orecchio sempre acceso che hanno i cani. Aveva seguito il suo tremito leggero nell'aria fino a lì. Ha abbaiato, guardandomi. Dài, prima tu.

Ho bevuto l'acqua che sapeva di pietra, era la più buona del mondo. Velava il sasso, l'ho leccato come se fosse uno squisito pezzo di ghiaccio. Poi ho messo le mani a coppa e ho raccolto l'acqua per lui. Ha bevuto dalle mie mani, a lungo. Lingua calda e acqua fredda. Delizioso contrasto. Poi, quando lui ha detto basta, ho ricominciato io. Alla fine mi sono seduto con la schiena addossata alla stessa pietra della sorgente, appena più in là, e non per evitare di bagnarmi, ma per non disturbarla. Meravigliosa semplice acqua. Tito si è allungato ai miei piedi e ha infilato la testa tra le zampe.

Dove c'è acqua c'è vita. Allora, solo allora mi sono accorto che lì intorno crescevano dei cespugli tutti diversi da quegli altri secchi e spinosi che vedevamo da ore e ore e ore e giorni. Eravamo in una specie di piccola macchia verdissima, e sopra la roccia della fonte, gli arbusti ricadevano come una schiuma leggera, facendoci ombra. Le foglie oscillavano, e qualcosa danzava tra loro, qualcosa di elastico e pesante insieme. A guardare bene, dal verde si è staccata una tinta più decisa e più scura, una forma tonda. Frutti.

Non mi sono nemmeno dovuto alzare. Ho teso la mano e ne ho staccato uno.

Ho esitato, da bambino di città. Non si mangiano i frutti che si conoscono.

D'accordo, probabilmente era una buona regola, in un mondo in cui hai tutti i frutti che vuoi e li compri in un negozio. E certo, quello era un frutto che non avevo mai visto prima. Ma prima non avevo nemmeno mai visto in faccia la Fame e la Sete. Quindi potevo anche correre qualche rischio. E poi in un posto così bello potevano crescere frutti velenosi?

Aveva la buccia lucida, viola intenso, a minuscoli puntini in rilievo, e mi occupava tutta la mano. Ho affondato i denti: ha ceduto croccante. Sugo sulle labbra e tra le dita, poi la bomba lenta del sapore. Una dolcezza aspra. Finita la fame.

Ne ho mangiati tre, ed ero sazio.

Tito era rimasto lì, immobile, contento dell'acqua nella pancia. Già, a lui non avevo pensato. Ma la frutta non gli era mai piaciuta. E allora?

Mi sono guardato intorno, e ho visto che la macchia era piena di vita. Come quando ti stendi a pancia in giù a guardare un pezzetto di prato, e all'inizio noti solo l'intreccio confuso delle erbe, ma poi, piano piano, affiorano i mille impercettibili movimenti che lo agitano: uno stelo che si districa, una fogliolina che vibra, un piccolo ragno rosso che fa la sua passeggiata pericolosa, una formica col suo carico immenso sulla testa, un bruco che fa la fisarmonica. Nella macchia era tutto più confuso: un agitarsi di rami, tonfi, scricchiolii. Poteva essere un buon posto per andare a caccia.

«Vai, Tito» gli ho detto.

Bravo cane, aveva aspettato il mio ordine. Aveva aspettato che io fossi sazio.

È partito come una freccia, in un fruscio di foglie scostate. Non era più da un pezzo un cane di città: sapeva come fare, cosa cercare. La caccia che si risvegliava dentro di lui.

Io ho mangiato un quarto frutto, questa volta molto piano, cercando di capire che cosa mi ricordava il suo sapore, ma poi mi sono arreso: era un frutto nuovo, perché avrebbe dovuto somigliare a quelli vecchi?

Tito è tornato tranquillo, zampettando piano, leccandosi le labbra. Si è rimesso nella posizione di prima e si è addormentato subito. Era pieno giorno, ma ho fatto lo stesso anch'io.

Abbiamo dormito tutto il giorno. Ci siamo svegliati al crepuscolo, col rumore tranquillo dell'acqua che strisciava sulla pietra, con gli strilli degli uccelli matti di sole come graffi sulla lavagna. Di quelle due più nessuna traccia. Ma sarebbero tornate, sicuro.

Per essere un deserto, certo era un posto molto movimentato. Siamo stati lì tranquilli in quella bella macchia, era come se l'acqua ci trattenesse, finché c'era lei eravamo salvi. Sì, lo sapevo che avremmo dovuto ripartire, ma intanto... Abbiamo giocato un po', io lanciavo dei legnetti, dei sassi, e Tito me li riportava: il gioco più facile del mondo. Mi sono ricordato di quando era piccolo e un po' zuccone e tutte le volte che gli gettavo qualcosa lui correva a prenderla e se la teneva in bocca, ostinato, senza capire qual era il senso del gioco, che doveva tornare da me se voleva che continuassimo: invece stava là con la testa inclinata e il bastoncino in bocca, e se mi avvicinavo e cercavo di levarglielo lui resisteva e alla fine scappava via. C'erano anche delle volte che non trovava quello che gli avevo lanciato, e allora stava lì col muso nell'erba a cercare e cercare e alla fine si voltava verso di me e mi fissava, un po' desolato un po' seccato: ma insomma, dove l'hai messo? Però ormai era diventato bravo, non perdeva più niente, e uno stesso legnetto poteva durare per ore, anche per giorni.

«Bel cane» ha detto qualcuno alle mie spalle. Mi sono voltato col cuore in gola: nella macchia mi ero sentito così al sicuro, e invece. Lui deve aver letto la mia faccia al volo e ha alzato le mani come a far vedere che non è armato. «Bel cane» ha ripetuto, facendosi avanti.

Era un vecchio, bianco in testa, con la barba, ma non lunga, e i capelli sottili che gli sfioravano le spalle. Aveva una tunica, bianca anche quella, e mi sono subito stupito perché era pulitissima, senza nemmeno una macchia o una striscia di polvere o di verde. Ed era scalzo. Come faceva ad andare scalzo nel deserto, con tutte quelle pietre e le spine e i serpenti e gli scorpioni che schizzavano via da sotto i sassi? Tito gli si è avvicinato scodinzolando, senza abbaiare, e gli ha annusato l'orlo della tunica con gentilezza.

Era come quando sei ammalato, stai nel tuo letto e ricevi delle visite. Dopo un po' non è difficile indovinare chi sarà il prossimo.

«Ragazzo sveglio» ha detto lui. «Posso sedermi qui con voi?»

«Non dirmi che sei stanco» ho detto, spiritoso.

Ha apprezzato, ha sorriso. «D'accordo, non lo dirò» ha detto. «Però tu hai bisogno di me. E il tuo cane anche.»

«Veramente abbiamo dormito tutto il pomeriggio» ho detto io.

«Oh, ma quello non conta. Eravate distrutti. Avreste dormito comunque. Quello che intendo io è un altro tipo di...»

L'ho interrotto. «Riposo. Sì. Lo so. Tu sei il Riposo.»

Ha sorriso, mettendosi a sedere nello stesso posto in cui mi ero addormentato io. Faceva fatica, così l'ho aiutato, l'ho sorretto per un braccio mentre trovava la giusta posizione.

«Come mai sei così vecchio?» gli ho chiesto.

«Domanda impertinente» ha detto lui, sistemandosi le pieghe della tunica attorno alle gambe ripiegate verso il petto.

«Oh, andiamo. Siamo nel deserto. Io e il mio cane siamo appena scampati alla Fame e alla Sete, per il momento, almeno, e abbiamo conosciuto la Paura. Non è il caso di fare tante cerimonie.»

«Hai anche ragione. Per essere un bambino sei piuttosto saggio. Vero è che in certe circostanze si cresce in fretta» e ha allargato le braccia, come se fosse dispiaciuto per me. «Comunque non risponderò alla tua domanda. Sono sicuro che ci puoi arrivare da solo.»

«Allora te ne faccio un'altra. Perché sei qui?» ho chiesto io.

«Già. Perché sono qui? Te l'ho detto: hai bisogno di me. Adesso chiami il tuo cane, e venite vicini tutti e due, vi mettete comodi, e io vi racconto una storia.»

«Non ho bisogno delle storie per dormire.»

«Ma non dovete dormire: dovete riposare. È diverso, te l'ho già detto. Chiamalo, dài.»

Ho obbedito a malincuore: non vedevo perché dover dare retta a quella specie di sacerdote svitato che mi voleva raccontare una storia come se fossi un bambino piccolo. Ma era vecchio, e ai vecchi si dà sempre ascolto, così avevo imparato. Allora ho richiamato Tito, l'ho preso in braccio, lui si è messo comodo, con il muso appoggiato sulla mia gamba, e abbiamo ascoltato.

Non mi ricordo la faccia del vecchio mentre la raccontava. Forse ci siamo addormentati, forse abbiamo semplicemente chiuso gli occhi per ascoltare meglio, per immaginare meglio.

Furbo, il vecchio. È andato a pescare un sacco di cose importanti e preziose e le ha ficcate tutte dentro nello stesso racconto. Io credevo che fosse una storia, e invece no. Ma come fanno le storie, ci ha portato via, lontano, nei posti dove si stava bene. I posti dove eravamo stati bene. Posti dove non si può tornare, che però restano accesi dentro di noi, pronti a ospitarci come rifugi quando ne abbiamo bisogno perché nel viaggio ci siamo persi, abbiamo freddo, siamo affaticati.

***

Quella volta che Tito era tornato piangendo da una delle sue esplorazioni, davvero, piangeva come un bambino che si è fatto male, e l'avevano rivoltato tutto, le mani grandi capaci di papà, cercando una ferita, uno strappo, una spina, e alla fine si erano accorti – l'aveva notato la mamma per prima – che metà muso era gonfio, e a toccarlo in quel punto Tito piagnucolava più forte. Doveva averlo punto un insetto, uno grosso, un calabrone. Il tempo di posarlo a terra per andare a cercare un unguento e Tito era sparito, non c'era verso a chiamarlo, non veniva, non rispondeva, e Miro era andato in giro come un matto, aveva frugato tutto il giardino e niente, in casa niente, e alla fine l'aveva trovato tutto schiacciato in fondo al capanno degli attrezzi, incrostato di ragnatele, che si era trovato un posticino per soffrire in pace da solo.

O quella volta che erano tornati tutti e tre da una visita e non l'avevano portato con loro perché era ancora piccolo e non sapeva comportarsi bene, e la mamma era andata in camera per cambiarsi ed era tornata con una delle sue pantofole in mano, pantofole viola, di camoscio leggero, fatte un po' a punta, dicendo chissà dov'è finita l'altra, e cerca di qua cerca di là, be', la pantofola, o quello che ne restava, era sotto il sofà del salotto. Era rimasta soltanto la suola che non era viola e doveva essere troppo dura per certi dentini di cane cucciolo. Risate, la rabbia finta della mamma con gli occhi pieni di allegria, e Miro preoccupato, ma tutto quel viola nella pancia gli farà male?

Quando Tito aveva visto un gatto, il primo gatto della sua vita, stava fermo immobile sul muretto in fondo al giardino a godersi il caldo della pietra e del sole, gli occhi chiusi, in quel modo sinuoso che hanno i gatti di stare seduti, e Tito si era avvicinato esitante, poi sempre più contento, scodinzolando, ecco un nuovo amico, era come se dicesse così, e infine si era messo ad abbaiare e solo allora il gatto aveva aperto pigramente gli occhi e l'aveva guardato dall'alto al basso, un lungo sguardo fermo gialloverde, senza nessuna paura, e ciascuno era rimasto lì dov'era, il gatto al sicuro a prendere il sole, il cane a cercare invano di fare amicizia, ciascuno chiuso nella sua bolla di canitudine e gattitudine, mondi destinati a non incontrarsi, e Miro, che la sapeva lunga e aveva visto cani rincorrere gatti e gatti soffiare a cani e cercare di graffiarli, aveva pensato che gli dispiaceva per Tito, per la sua fiducia nel mondo, e la mamma gli aveva letto quella delusione sulla faccia e gli aveva passato un braccio leggero attorno alle spalle e insieme avevano guardato il piccolo cane a cui ormai volevano così bene che avrebbero voluto risparmiargli ogni dispiacere.

E poi le volte normali, in cui non succedeva niente di niente e si stava in casa, insieme, le sere d'inverno, con un cane allungato sul tappeto a guardare il fuoco. 'Chissà cosa pensa' diceva sempre la mamma a un certo punto. E allora si divertivano a entrare dentro la sua piccola testa di cane e a immaginare la sua immaginazione, ammesso che fosse possibile. Forse sta pensando alla pappa. A quella volta che ha mangiato una farfalla. Gli dispiacerà. Non credo. Forse pensa alla sua mamma e ai suoi fratelli, al mucchio caldo della cuccia. Sia-

mo noi la sua famiglia adesso. Cuccia è qui. Le volte normali, quando casa era casa, e tutto era sicuro e uguale, e le cose, se cambiavano, lo facevano lente, impercettibili come il giro della Terra, come la crescita di Miro dentro le scarpe e le magliette. Cose che succedevano senza strappi, senza fare del male a nessuno. Niente scossoni, niente sorprese.

Le volte normali in cui giocavano con Tito, attorno a lui, un pretesto di pelo sempre nuovo. Di che cosa sa un cane?, cominciava la mamma. Raccoglieva Tito da terra e lo annusava. Sa di rosmarino, diceva. Sento che da qualche parte là fuori c'è una buca in più. Oppure: sa di pioggia. Ma anche altre cose più strane, era una gara, a chi trovava quella più bizzarra ma anche la più giusta. Un cane sa del dentro di un cuscino. Di cereali tiepidi. Sa di corsa lunga. Sa di sasso bagnato. Sa di polvere sotto il sole. Sa di cane. Alla fine arrivavano sempre, sempre lì, su quello erano tutti d'accordo. Un odore come nessun altro, riconoscibile tra mille. Chissà cosa pensa lui del nostro odore, diceva il papà. Guardava Miro e diceva tu per esempio sai di piedi dentro le scarpe. La mamma invece sa di farina e limone. E cera, aggiungeva Miro. Cera e miele. E tu, papà, sai di cuoio e di metallo mescolati insieme dentro una tazza. Di una cosa erano certi: a Tito il loro odore, quale che fosse, piaceva sempre. Lo si capiva da come spingeva il naso freddo sulla pelle del loro collo, avido, curioso, contento.

E quando nelle passeggiate lungo il fiume partiva come una freccia, sempre nello stesso punto, saliva una ripida erta erbosa e spariva sopra il terrapieno che era occupato da una macchia fitta di alberelli e cespugli, impossibile passarci, e non rispondeva ai richiami, tornava solo quando voleva lui e non si poteva nemmeno andarlo a prendere a meno di non arrampicarsi su per la ripa che però era veramente ripida e scivolosa, e tanto anche se andavi fin lassù, una volta, la prima, Miro c'era andato, non potevi far niente perché quella specie di bosco era impenetrabile per un essere umano, e allora si erano abituati alla pazienza, si dicevano sempre la stessa cosa quando partiva, ecco, sta andando dai Mostri Selvaggi, e c'era tutto in quelle due parole, l'avventura ma anche il rischio, l'erba alta, le tracce degli animali, le lepri, le moffette, acuti odori buonissimi da inseguire invano – tutti troppo veloci per un cane di città – per tornare molto tempo dopo, stanco, la lingua penzoloni, il pelo aggrovigliato attorno alle lappole raccolte nella foga della corsa e dell'esplorazione. E allora capivano che c'era una parte di Tito che non avrebbero mai raggiunto, una specie di nocciolo duro dentro di lui, il suo essere selvatico, il suo essere cane e selvatico.

Chissà perché, non c'erano ricordi più indietro. Come se il tempo di Miro bambino fosse diviso da una linea rossa tracciata nitida per terra, Prima di Tito e Dopo Tito, e contasse solo il Dopo, come se il Prima fosse stato annullato, fosse solo un ammasso confuso di patetiche schegge d'infanzia. Solo nel Dopo tutto assumeva un senso. Era nel Dopo che Miro aveva imparato a prendersi cura di qualcuno. Prima erano gli altri a prendersi cura di lui.

E Adesso? Adesso è un tempo imprevisto in cui ciascuno si prende cura dell'altro, alla pari. Le cose sono cambiate, le circostanze hanno mutato il legame in qualcosa di più com-

plicato. Ma questo Miro non lo sa e non lo pensa. Adesso è chiuso nel suo lungo stordimento fatto di memorie belle incollate l'una all'altra, con il suo cane sul petto, addormentato anche lui, forse intento a sognare lo stesso sogno, perché è il sogno di tutti e due.

Quando ci siamo svegliati il Riposo non c'era più. È andato via, lui e la sua buona amica, la Memoria, una complice speciale, lei e il suo carico così prezioso. Però era come se fosse rimasto con noi, in un certo senso.

Ho preso il muso di Tito fra le mani, cercando di leggere dentro quegli occhi lucidi che mi guardavano con tutta la fiducia e la calma del mondo. «Ma tu ti ricordi?» Tito ha guaito, le fauci chiuse tra le mie dita, e io non ho capito se era un sì o un no, una risposta o un'altra domanda.

Un Cane è qui
Un Cane è adesso
Qui e adesso è bene
Se c'è un Bambino

Dopo il deserto, una foresta. Scura, fredda, impenetrabile. Basta polvere: foglie umide per terra. Festoni di liane tra gli alberi. Versi cupi di uccelli molto grandi. L'ho capito subito, lo sapevo che cosa doveva venire, chi dovevamo ancora incontrare. Era inevitabile.

Nero, tutto nero.

Nero come il vuoto.

Un nulla che ci chiamava, ci attirava a sé. Una trappola.

È stato così veloce, così banale. Camminavo, e Tito dietro. E un piede invece del sentiero ha incontrato il nulla.

Sono scivolato, la gamba mi si è piegata sotto il corpo, l'altra l'ha seguita. Un buco.

Ho annaspato con le braccia, con le mani, tastando intorno, veloce, senza pensare, cercando di stringere qualcosa.

L'ho trovata. Una lunga, lunghissima radice. Prima una mano, poi l'altra. Ho stretto forte con tutte e due. Scivolavo, scivolavo, poi all'improvviso uno strattone, ed ecco che mi sono bloccato.

Ero dentro un buco. Ho cercato di puntellarmi con le gambe, per uscirne, per risalire. I piedi grattavano contro le pareti, le sbriciolavano. Sentivo la terra staccarsi, sembrava che la scavassi io, che mi scavassi la voragine sotto i piedi. Allora sono stato fermo, immobile, per paura di scivolare più giù.

È stato allora che ho sentito la voce.

«Ti aspettavo» ha detto. «Era solo questione di tempo. Sei sveglio. Un altro al tuo posto sarebbe già finito dentro. Tu no. Tu pensi, ragioni. Sei lucido, anche se il panico ti invade. Molto bravo. Complimenti. Non che serva a qualcosa, comunque.»

«Aiuto» ho detto. Piano, per non infrangere l'equilibrio a cui ero appeso.

«Aiuto. Io te lo darei anche, caro, il mio aiuto. Sarebbe per così dire un po' contraddittorio, però non avrei niente in contrario. Ma a cosa servirebbe? Sarebbe solo rimandare l'appuntamento.»

«Basta che tu mi tenda una mano. Per favore» ho detto. Avevo la Paura appollaiata sulle spalle, che mi schiacciava, giù, giù. E avevo come l'idea che chiedere fosse inutile, visto quello che aveva detto la voce. Ma non mi sono arreso subito.

«Una mano, dici? Ma io non ce l'ho, una mano. Guardami.»

«Non vedo niente» ho detto.

«Ecco, appunto, infatti. Non vedi niente perché non c'è niente da vedere. O da toccare, se è per questo.»

Già: lui non aveva corpo come gli altri. Era soltanto una voce.

«Ma adesso basta con questo strazio. Siccome ti voglio, tanto vale che ti prenda adesso, e la facciamo finita. Tu stacchi quei ditini dal tuo stupido inutile appiglio e ti lasci andare. Facciamo in fretta, su. Una cosa veloce. Tanto cosa credi, succederà comunque. Non puoi stare lì appeso per sempre. Non ne hai la forza. E di qui non passerà nessuno.»

Per reazione o per dispetto mi sono avvinghiato alla radice. Si è mossa, e io sono scivolato giù un altro po'. Poco, ma quello che bastava per far sedere la Paura più comoda e pesante sulle mie spalle.

«Lo vedi? Va sempre peggio. Andiamo, arrenditi. Sarà più facile per tutti e due. Ah, no, vedo che il signorino serra la bocca e mette su un cipiglio da duro. Apprezziamo lo sforzo, ma ti assicuro che non serve a niente.»

Io zitto. Avevo capito che ci voleva un nonnulla per peggiorare la situazione. E non volevo cedere a quella voce che mi strisciava addosso. Se io stavo zitto, parlava lui. E farlo parlare poteva essere una buona idea per prendere tempo. Era chiaro che a lui parlare piaceva tantissimo.

Infatti ha riattaccato subito.

«Eh, se me ne prendo, di bambini. Sono i miei preferiti. È così facile. Un sacco di possibilità. Basta una caramella andata storta nella bocca. Una finestra che sbatte troppo forte e va in mille pezzi. Una palla che finisce su un tetto, e bisogna proprio andare a riprendersela. Un tuffo e uno scoglio invisibile. L'albero su cui ci si deve proprio arrampicare. Un chiodo trovato in una vigna. Mille e mille occasioni. Per questo non ho forma. Prendo la forma delle cose che mi ospitano.»

«Come l'acqua» ho detto, senza pensarci. Chissà come mi è venuta in mente una cosa così.

«Ah, già, l'acqua» ha detto lui. «Certo, posso anche diventare acqua. Basta una pozza alta poche dita. O un invitante, fresco laghetto di montagna. O un'onda troppo alta, o una corrente di fiume.»

Parlava, parlava. Io lo ascoltavo e intanto cercavo di pensare a che cosa fare, qualcosa di non stupido e non inutile, qualcosa che non peggiorasse la situazione.

«Non sforzarti» ha detto, come se mi leggesse nel pensiero. «Sei in una situazione senza uscita. O meglio, l'unica uscita che hai è sotto i tuoi piedi.» Risatina. «E dopo di te mi prenderò anche il tuo cagnolino.»

Tito. Non ci avevo più pensato. Dov'era finito? Che fosse caduto prima di me, e non me n'ero nemmeno accorto? Ma no, non era nemmeno vicino a me, quando ero scivolato. Vero? Vero che era così? E poi la voce aveva detto 'dopo di te'. Quindi no, non se l'era ancora preso. Ma allora dov'era?

«I cani. Sono così stupidi. Così stupidamente *affezionati.*» Una risatina. «Farebbero di tutto per salvare i loro uomini, vero? Peccato che non sempre ci riescano. Peccato davvero.» Un'altra risatina.

«Prendiamo il tuo, di cane. Un tubo di pelo, un nano rumoroso. Non c'è, vero? Ti stai chiedendo dov'è finito. Per forza. Ha il naso più grande del cervello. Sarà da qualche parte a cercare di dare la caccia a un animale dieci volte più grosso e furbo di lui. Siamo fortunati se non gli è già finito nella pancia. Sarebbe un vero peccato, perché preferirei di gran lunga prendermelo io. Ma vedrai, finirà proprio così, perché a un certo punto in quella testolina vuota passerà un pensiero: ma sicuro, dove è finito quel bambino, quello là con cui vado sempre in giro? Gli verrà in mente che non ti vede da un po' e di botto smetterà di fare quello che stava facendo e correrà indietro, seguendo il tuo odore. Tu nel frattempo sarai scivolato in questo buco che si è così opportunamente spalancato sotto i tuoi piedi. Lui arriverà di corsa, annuserà tutto intorno e penserà che è tutto un bellissimo gioco che hai inventato per lui, che ti sei nascosto. E si butterà. Si butterà nel buco, convinto di trovarti. E ti troverà, a un certo punto, oh, sicuro che ti troverà. In fondo, molto in fondo. E allora, ammesso che tu sia ancora vivo, ammesso che siate ancora vivi tutti e due, potrete soltanto fare una cosa: aspettare di morire insieme, di fame e di sete, quelle mie due deliziose piccole amiche che peraltro devi aver già incontrato.»

«Sei orribile» gli ho detto, cercando di metterci tutto il mio disprezzo.

«Certo che sì» ha detto lui, tranquillo. «È il mio mestiere.»

«Dovresti sparire dalla faccia della terra» ho detto ancora, sempre più sdegnato.

«Eh, no. Ho anch'io la mia utilità, sai. E c'è un sacco di gente che mi sceglie, che mi vuole. Che fa apposta a cacciarsi in situazioni che per me sono un piacere infinito. Lo fanno per sentirsi più vivi, per provare brividi, per scappare dalla noia. Scommetto che qualche volta è capitato anche a te.»

Aveva ragione. Quella volta che insieme a Eze e Aron eravamo saliti sul tetto della cattedrale, di notte, per vedere le stelle. Non era solo una cosa proibita: era anche una cosa stupida da fare. I tetti non sono posti per camminarci sopra. Eppure avevamo studiato tutto, nel minimo dettaglio: la fuga dal nido tranquillo dei nostri letti, andare a letto vestiti e poi giù dalle finestre, lungo le grondaie o appendendoci ai rami più alti che si sporgevano verso di noi; la corsa silenziosa lungo le strade buie del centro; aprire la porta della torre campanaria con la chiave che Eze aveva rubato a suo padre il custode; e poi su, su, lungo la scala a chiocciola che scricchiolava a ogni passo, come per tradirci e dare l'allarme, e poi, arrivati in cima, scivolare fuori dalle grandi aperture ad arco, reggendoci alle colonne, e dopo via le mani, in equilibrio lungo il crinale del tetto, le braccia allargate, acrobati sciocchi e felici. Arrivati dall'altra parte, dove il tetto precipitava in una terza falda proprio sopra la Piazza Grande, ci eravamo stesi sulle tegole, e le avevamo viste, le stelle: sembrava che pulsassero soltanto per noi.

«Questo lo capisco» ho detto. «A volte il Pericolo dà un altro sapore alle cose.»

«Ah, ma allora sai chi sono» ha detto lui, sorpreso.

«L'avevo capito subito» ho detto io, piano.

«Allora converrai con me: perlopiù non è che io succeda. È che mi vengono a cercare. Anche tu, e tutta questa storia...»

«Io sono stato costretto. Nessuno mi ha ordinato di essere qui» ho replicato con rabbia.

«Ma non è vero, caro» ha detto lui. «Si può sempre scegliere. Il certo contro l'incerto. La pace contro la furia. La tranquillità contro me. Potevi restartene a casa tua, con i tuoi genitori.»

«E senza un cane» ho detto io.

«Be', che differenza fa? Anche qui, anche adesso sei senza un cane. Tutta questa strada, tutta questa fatica per ritrovarti al punto di partenza, e in più faccia a faccia con me.»

L'ha detto compiaciuto, contento. Ma si sbagliava. Oh, se si sbagliava.

In quel momento ho sentito la piccola voce che riconoscerei fra mille. Subito, da lontano, sembra un colpo di tosse smorzato. Poi diventa più sicura, più decisa. Tito che abbaia il suo ritorno.

«Ma guarda un po'. Pare proprio che il tuo piccolo amico peloso abbia deciso di venire a morire con te. Che stupido» ha detto il Pericolo con una punta di soddisfazione.

Poi silenzio. Tito non abbaiava più.

«O forse,» ha aggiunto la voce «ha avuto un sussulto di saggezza e ha fatto dietrofront. I cani, almeno loro, mi fiutano con una certa facilità.»

Silenzio. Solo un rumore sommesso di frasche smosse. Sempre più vicino.

«Magari è un orso» ha detto la voce. «Così potrai scegliere se farti tirar su e dilaniare dai suoi zamponi o se lasciarti cadere da solo per evitare una fine anche più orribile di quella che comunque ti aspetta. Un orso, o un lupo, perché no? Ti voglio vedere, a spiegargli che il tuo amichetto peloso è suo cugino.»

Si sbagliava un'altra volta.

Tito è apparso nel mezzo della radura. Trascinava un ramo lungo e grosso, lungo almeno quattro volte lui. Doveva aver fatto una fatica spaventosa per arrivare fino a lì. E anche trovarlo, un ramo spezzato di quelle dimensioni, non doveva essere stato facile, per un piccolo cane da solo nella foresta.

Il Pericolo non ha capito. Ma anche se ci fosse arrivato, non avrebbe potuto far niente. Perché lui è così: sta lì, e aspetta. Deve aspettare. Non può far altro. Deve aspettare che tu ci caschi dentro.

«Che carino. Commovente, direi. Ti ha portato un bastoncino, così adesso tu glielo tiri e lui te lo riporta. Peccato che tu non possa proprio giocare, in questo momento. E comunque ha anche sbagliato le dimensioni. O no?» Una risata lunga, gelida. No, non aveva capito niente.

Tito si è fermato. Ha deposto il ramo, come per riposarsi, ed è venuto verso di me. «Fermo» gli ho detto. Si è avvicinato lo stesso, esitante, e mi ha annusato la testa. «Tutto bene, ma vai via.» Mi ha guardato senza voler capire. Poi è tornato verso il ramo, l'ha ripreso fra quelle piccole fauci d'acciaio e l'ha trascinato fino al buco. L'ha disposto di traverso, in modo che facesse come un ponte, e l'ha spinto verso di me col muso, un colpetto alla volta. Il ramo si è bloccato contro il mio petto. Le due estremità poggiavano salde sul terreno, di un bel pezzo fuori rispetto al buco. Ed era un ramo robusto, adesso che lo vedevo da vicino. Si poteva tentare.

Ho lasciato la presa sulla radice, lentamente, prima con una mano, poi con l'altra, spostandole sul ramo. Doveva solo sostenere il mio peso. Sì.

Avevo le mani doloranti a furia di stringere la radice, le spalle mi facevano male per lo sforzo di tenermi aggrappato. Non mi sentivo più le braccia. Ma dovevo farcela.

Ho raccolto tutte le forze che mi erano rimaste e mi sono issato. Poi ho abbracciato il ramo come se ci volessi strisciare sopra.

Fatto.

Poi, lentamente, mi sono mosso in avanti, puntellandomi coi piedi sulla corteccia ruvida. Una mano, un piede. Una mano, un piede.

Ho perso la presa con un piede, una gamba è scivolata nel vuoto.

«Vieni, vieni, dài, dài» ha detto la voce.

L'ho riportata sul ramo, e ho continuato ad avanzare. Le mie mani hanno raggiunto l'erba attorno al buco. Ancora un po'. Ancora un po'. Fatto.

Mi sono rotolato sull'erba, a pancia in su, esausto, sudato. Mi faceva male dappertutto. In alto, oltre le cime degli alberi, le stesse stelle che avevo guardato disteso sul tetto, un secolo prima, quando il Pericolo era soltanto un gioco. Ma allora non c'era Tito con me. Non era ancora entrato nella mia vita. E invece eccolo lì che mi camminava sul petto e mi leccava la faccia come se gli piacesse da morire, come se la mia pelle sudata e sporca avesse il sapore più buono del mondo.

Gli ho stretto le braccia attorno al piccolo corpo di pelo. Lui si è disteso, tranquillo. Ci siamo addormentati così. Nel silenzio.

La mattina, al risveglio, mi sono accorto che aveva il muso incrostato di sangue. Doveva essersi ferito la lingua o le labbra spingendo e trascinando il tronco fino al buco, fino a me.

Ho cercato un ruscello e l'ho lavato. Col muso bagnato sembrava un altro animale, una lontra, un alieno, gli occhi grandissimi e lucidi contro il pelo diventato nero. Ho guardato i tagli che aveva in bocca: stavano già guarendo.

Il Pericolo era venuto, aveva parlato a lungo, mi aveva chiamato, era andato via sconfitto. Per questa volta.

Eravamo di nuovo soli, io e lui. Soli e salvi. C'erano altri giorni davanti a noi.

Un Cane è stanco.
Un Buco è vuoto.
Un Bambino c'è.
Pericolo non c'è.

Altri giorni, altre notti. Ma le visite non erano finite.

«Dove hai detto che sono?»

«Chi?»

Ho risposto in modo automatico, senza nemmeno pensare a chi mi stesse facendo la domanda. Come se fosse normale veder sbucare dalla notte quegli strani personaggi. Forse era normale. Quando non c'è niente di normale tutto diventa normale.

«Dove hai detto che sono i tuoi genitori?»

«Chi sei?» Più tranquillo, questa volta. Stufo di farmi prendere in giro dal primo venuto.

«Indovina un po'.»

«Non ho voglia di giocare.»

«Ma sei un bambino. E comunque questo non è un gioco. Dove sono i tuoi genitori?»

«A casa. In viaggio.» Ho sospirato. «Non lo so.»

«Non lo sai? Io invece sì.»

Stava nascosto nell'ombra delle foglie, non lo vedevo in faccia, e non ne avevo voglia. Potevo immaginarmelo: la bocca grande e gli occhi infossati, quasi invisibili. Uno che non riesci a guardare in faccia.

«Non ho voglia di ascoltarti. Stai zitto. Vai via.»

«Io invece parlo. Parlo parlo parlo. Erano stufi. Stufi di te e del tuo cane. Così...»

«Così cosa?»

«Oh, niente. Si sono procurati un altro bambino.»

«Andiamo. Questa storia la conosco già.»

«Mmm. Guardarsi dai bambini che leggono troppo. Ma ti assicuro che la prima parte era vera. Che erano stufi di te, se non fosse chiaro.»

«Certo.»

«Certo. Erano così stufi che non gli è parso vero di approfittare dell'Editto. Pensaci bene, sarebbero potuti venire via con te... tanto valeva condividerlo, il rischio. E invece ti hanno raccontato tutte quelle storie su ciò che era meglio fare e ti hanno spedito via, grazie e arrivederci. Un lavoretto pulito. Possono sempre raccontare che sei scappato, che loro non avevano idea...»

«Non è andata così.» Ho scandito le parole perché capisse bene. Ma sono riuscito a zittirlo solo per qualche istante. Poi ha ricominciato.

«Può darsi. Mettiamo che ci abbiano anche provato, a venire a cercarti. Sono arrivati fino al bosco di Celm, dove ti avevano detto di aspettarli, e lì non ti hanno trovato, perché tu hai voluto fare di testa tua e hai continuato il viaggio. È quello che succede ai bambini che non obbediscono: si mettono nei guai. Loro, te l'assicuro, hanno fatto tutto quello che potevano, hanno perlustrato il bosco in lungo e in largo, hanno anche trovato quelle patetiche tracce che avevi lasciato. Ma forse non le hanno capite, perché sono tornati indietro. Oh, sicuro, prima ti hanno aspettato per dieci giorni, pensando che forse erano arrivati prima di te, che ti eri perso, ma siccome sei un bambino sveglio avresti ritrovato la strada... però poi, sai com'è, si sono rassegnati. Sì, adesso che ci penso dev'essere successo proprio così.»

Ho sospirato. Poteva andare avanti così per ore. C'era solo un modo per cacciarlo via.

Sì, avevo ancora bisogno di lei. La vecchia amica di tutti. Se n'era appena andata, ed era già ora di richiamarla. Una volta sola, una cosa piccola, le ho chiesto. Per favore.

Quando la sera leggevano tutti e tre davanti al camino, ciascuno col suo libro, Miro in mezzo. Il silenzio, la luce mobile del fuoco, gli schiocchi dei ceppi che si consumavano, il fruscio delle pagine voltate, e quella pace. Forse anche Tito leggeva, un libro senza fogli che vedeva solo lui, la storia delle cose che aveva fatto e che avrebbe rifatto domani.

Non c'è stato bisogno di altre memorie: è bastata quella. Così forte, così vera. C'era dentro tutto.

La mia famiglia.

E pazienza se al momento era divisa in due. Io sapevo che esisteva l'intero, e tanto mi bastava.

L'impostore ha digrignato i denti in quella sua bocca enorme ed è sparito. O almeno, io non l'ho visto più.

Non so proprio chi ancora potrebbe venire. Forse nessuno. Ho incontrato tutti quelli che dovevo incontrare. Adesso sono a posto. Certo, con quest'ultimo tipo qui è stata dura. È un imbroglione. Fa più male degli altri perché gioca sporco. Me lo ricordavo bene da quando ero piccolo e Vlad era il mio migliore amico, e Osip, un bambino nuovo che stava sempre per conto suo, una volta era venuto da me e aveva detto: «Vlad dice in giro che non è più tuo amico.» Io non ci avevo creduto, bugiardo, gli avevo detto, bugiardo. «Invece è vero, e infatti oggi pomeriggio non gioca con te, oggi viene a casa sua. Sono io il suo migliore amico, adesso.» E all'uscita di scuola la mamma di Vlad aveva preso per mano Osip ed erano andati via insieme, tutti e tre. Vlad si era voltato indietro e mi guardava, cercando di dirmi qualcosa che non capivo, e io l'avevo odiato con tutte le mie forze, e una volta a casa avevo preso la fionda che mi aveva regalato e l'avevo pestata sotto i piedi, avevo rotto l'elastico, e alla fine ero corso al fiume e l'avevo buttata dentro.

Il giorno dopo Vlad era venuto a cercarmi e io ero scappato via, non avevo voluto ascoltarlo, e anche all'uscita da scuola ero corso a casa senza guardarmi intorno e mi ero chiuso in camera mia finché non era venuta la mamma a bussare e mi aveva detto «C'è Vlad» e io: «Mandalo via, non lo voglio vedere mai più.» La mamma era entrata e si era seduta sul letto e mi aveva detto che Vlad mi diceva scusa, che il giorno prima la sua mamma per fare un piacere alla mamma di Osip l'aveva portato a casa loro, ma non cambiava niente, era solo una cosa così, e poi Osip comunque era odioso e gli aveva rotto il plastico e rubato un soldatino di quelli rossi e quindi non avrebbero mai più giocato insieme. E poi Vlad era entrato piano nella mia stanza e io gli avevo detto che avevo buttato via la sua fionda e lui, tranquillo: «Te ne faccio una più bella.»

Il Sospetto è un mostro. Ma io non gli credo. Lui vuole che io creda a lui e non ai miei genitori. Se non sono ancora qui avranno le loro ragioni. Ma abbiamo un appuntamento, io e loro, e da qualche parte ci ritroveremo. Sono sicuro. Sicurissimo. Sicuro.

Mi vengono in mente tutte quelle storie dei libri di scuola, con il cane che viene sepolto dalle macerie durante un tornado, e la sua famiglia è dispersa, pensano che sia morto, e invece lui scava scava e viene fuori otto giorni dopo, senza aver mangiato né bevuto, e si getta subito sulle tracce dei suoi uomini, e col fiuto e la pazienza li ritrova a miglia e miglia di distanza; oppure che viene abbandonato sul ciglio di una strada, lontanissimo da casa sua, e riesce a tornare indietro, magari ci mette un mese, magari due, ma alla fine ritorna nel posto giusto e c'è il bambino della famiglia a cui avevano raccontato una bugia, che il cane era scappato, e che non ha fatto altro che aspettarlo per tutto questo tempo e lo vede arrivare tutto magro, sporco e anche ferito, ed è una gioia tale che i genitori capiscono di aver fatto un orribile errore e se lo riprendono e lo curano; e c'è anche quell'altro cane che aspetta tutte le sere per anni il suo padrone che torna dal lavoro, solo che quello non torna più perché è morto, ma il cane non lo sa, e se anche lo sa non ci vuole credere, e continua ad aspettare. Tutte queste volte è sempre il cane a fare l'eroe, e va bene così, è bello poter pensare che un quattrozampe sia così, fedele, costante, tenace, forte, coraggioso e tutto il resto. Chissà se nascono in quel modo o finiscono per somigliare alle persone con cui diventano grandi e passano tanto tempo. Se guardo Tito vedo un piccolo cane ostinato e deciso, e mi piace pensare che sia come un piccolo specchio peloso di me, mi piace pensare che magari sono un po' come lui. Ma forse è il contrario: se gli somiglio è perché lui mi ha cambiato un po', piano piano, standomi vicino. Forse se ci lasciassimo somigliare agli animali saremmo tutti persone migliori. Forse anche il Sire se da piccolo avesse avuto un cane sarebbe diventato un Sire migliore.

No, non credo che sarebbe servito a niente.

O forse il Sire da piccolo un cane l'ha avuto, ed è stato morso. Questo spiegherebbe come mai adesso ce l'ha tanto coi cani.

Sono certo che se l'è meritato.

Io e il Bambino
Da soli
In due
Nel Mondo
Che non conosciamo
Dappertutto
Con la fame
Con la sete
Con il silenzio
Nel rumore
Scoiattolo
Volpe
Coniglio
Ma io non scappo no

Io resto
Il Bambino
Mi vuole
Il Bambino
Vuole me
Coniglio
Bello prendere Coniglio
Ma il Bambino vuole me
E io resto
Non vado dal Coniglio
Faccio fatica
Resto
Resto
Qui.

Terza parte

Stiamo ancora andando. La foresta è più rada, qui, passa molta luce attraverso gli alberi e l'erba è vera erba, non sterpaglia vecchia e secca. Tito è da qualche parte davanti a me, non lo vedo ma sento il suo rumore di topo affaccendato, e mi conforta. Sono stanco, stanco. Credo di essermi perso. Tito, mi sono perso e ho perso anche te. Bell'affare hai fatto a fidarti di un essere umano.

Un tuffo al cuore: adesso non sento più Tito. I fruscii sono cessati. Mi fermo, in modo da non aggiungere rumore a rumore. Forse era solo il suono dei miei passi a coprire il suo frugare. Ma no. Legnetti che si spezzano, uccelli lontani. Null'altro.

Sento i battiti del cuore nelle orecchie, tonfi di sangue che pulsa. Nessuna voce di cane.

Mi spavento. Esco dal niente e torno a provare tutto.

La paura, l'ansia. Adesso lo so cosa succederà: mi guarderò intorno, agitato. Comincerò a correre avanti e indietro, a chiamare. E se non lo trovassi? Se questa volta, di tutte le volte, lui non tornasse da me? Se si è fatto male sul serio, è ferito, è caduto in una fossa, l'ha portato via un orso, un lupo, una lince? Forse non ci sarà più nessuna storia da raccontare a nessuno. Forse finisce tutto qui. Ecco che corro. Ecco che chiamo. Niente. Mi fermo, per ascoltare la risposta che desidero. Niente.

Non è mai andato via così. Sì, una volta: quella volta del pozzo, quando è tornato con il tronco grande e l'ha messo di traverso sul buco. Ma allora aveva una ragione. E io avevo così paura per me che non me n'ero nemmeno accorto. Adesso la paura è tutta per lui. Con la maiuscola. Paura. Maledetta, sei tornata. Prendimi.

Questa volta sono solo e basta.

Solo.

Voglio andare a casa. Voglio essere a casa, non essere mai venuto via. Voglio che questa storia non sia mai cominciata.

Chissà, mi dico, se sopravviveremo a tutto questo un giorno avrò qualcosa da raccontare. Il nonno prima di andarsene mi diceva sempre della sua guerra, e io ascoltavo e ascoltavo, non ero mai stanco. Questa sarà la mia. Tito non ci sarà più da un pezzo ma forse ci sarà un altro cucciolo che gli somiglia, l'ultimo di una lunga sequenza, e io avrò davanti a me, accoccolato sul tappeto, un bambino che somiglia a me. Andiamo, che sciocchezza. Si capisce che sono stanco, non è un pensiero da bambino. Ma lo so perché lo penso: mi fa sentire al sicuro, questa idea di saltare tutta la vita che c'è in mezzo e pensare oltre. Perché vuol dire che in qualche modo ci arriverò. Ci arriveremo. Ci arriverò.

Non so quanto tempo è passato, non è importante. La luce è un po' più viva di prima. Guardo in alto: il vento si è portato via tutte le nuvole. Il cielo sopra di me è solo azzurro. Visto da qui dà un senso di vertigine, come affacciarsi sopra un burrone, ma alla rovescia.

Ho la schiena appoggiata al tronco di un albero. Lo zaino buttato da una parte. Le gambe allungate davanti a me. Questi scarponi sono enormi. Non me n'ero mai accorto prima. Enormi e anche brutti.

Non ho fame. Non ho sete. Ecco, era quello che volevo: adesso finalmente non sento niente.

Sogno. Nel mio sogno c'è un bambino nel bosco, seduto a terra, contro un albero. È una bellissima giornata ma a lui non importa niente, perché ha perso il suo cane. O il suo cane ha perso lui. Peccato.

Il bambino è molto stanco. Ha solo voglia di addormentarsi, e probabilmente è quello che succederà. Ecco che chiude gli occhi. Ecco che sente molto lontana una voce che riconoscerebbe tra mille: ma sì, è il suo cane, che abbaia, abbaia sempre più forte, con quel ritmo che è solo suo.

Il bambino è confuso. Vuole restare dentro il suo sogno, tenerselo stretto. È la cosa più bella che ha: desiderio e speranza.

Spalanca gli occhi e lo vede. Un piccolo cane che avanza balzando nel sottobosco, in un rumore di frasche scostate. Viene verso di lui.

Viene verso di me.

Un Bambino aspetta.
Sempre aspetta.
Un Cane trova le cose
per un bambino.
È il suo mestiere di Cane.
Poi un Bambino
è contento.

Mi basta vederlo per sentirmi meglio. Salta e balza e uggiola come quando vuole mostrarmi qualcosa. Raccolgo le forze e mi rimetto in piedi. Lui mi guida nella boscaglia, avanti e avanti, fino a una radura. C'è una grossa roccia in mezzo, nera, come la pancia di una nave rovesciata. Al centro un'apertura.

Una caverna.

Ci mancava proprio una caverna in questa storia.

Tito mi salta attorno tutto eccitato. Schizza dentro, lo sento abbaiare, tutto un rimbombo; torna fuori, mi addenta piano una mano, mi trascina con sé, *vieni vieni a vedere vieni vieni*. Mi piacerebbe avere questo suo entusiasmo di cane, essere contento come lui di tutte le cose nuove. Ma nuovo non vuol dire bello. Nuovo vuol dire sconosciuto, e magari anche pericoloso. È solo un'altra prova, un'altra tappa del nostro viaggio. Non bisognerebbe fidarsi delle caverne. Ma questo, Tito, tu non lo puoi sapere. Tu sei convinto di aver trovato qualcosa di straordinario, tutto per me: un regalo, una sorpresa. Tu che quando eri un lupo nelle grotte ci stavi così bene. E allora mi chino e ti accarezzo sulla testa. Bravo cane. Bravo. Ho capito. Devo venire con te. Bravo cane. Andiamo a vedere insieme.

È come dev'essere una grotta: buia, umida, con un odore di freddo e ragnatele e abbandono. Certo, se dovesse piovere non ci bagneremmo. O forse sì, perché lungo le pareti cola lentamente qualcosa di vischioso. Acqua e polvere. Lascio che i miei occhi prendano confidenza col buio, anche se non so proprio cosa c'è da vedere. Con la mia fortuna ci troverò il corpo di qualche animale morto, un teschio che ride, un volo di falene, o un ragno gigante che custodisce le sue uova. Ecco, adesso ci vedo. Fa più freddo che fuori. Mi corre un brivido lungo la schiena. Tito continua a correre avanti e indietro, vuole che lo segua. Ma dài, Tito, non vorrai che ci cacciamo qui dentro. Si sta meglio all'aperto. Va bene, possiamo dormire qui, quando viene il momento. Però dall'altra parte, vicino all'imboccatura. Non qui. Se è tutto nero adesso, chissà come sarà di notte. Non ho più paura del buio da un pezzo, però non vuol dire che mi piaccia.

Continuo a esplorare, a tentoni, perché è l'unico modo. Passo le mani sulle pareti di pietra bagnata, per reggermi, per sapere dove sono. Avanzo pianissimo. Le mani sprofondano nel buio. Qui non c'è niente, a parte il vuoto. Sembra quasi un tunnel.

Saggio ancora la pietra, a lungo, con pazienza, chinandomi e rialzandomi. Devo capire bene. Sento che questo tubo di sasso mi si stringe intorno, come se rimpicciolisse. L'apertura non è larga, va giusto bene per un adulto molto magro o per un bambino come me. Però va avanti. Sembra un passaggio. Un passaggio per dove? Per dove, Tito?

Non risponde. Non lo sento più. Dov'è andato? È corso avanti ed è precipitato chissà dove, come Alice, come un sasso, come un cane imprudente? È tornato indietro? Tito, Tito. Il panico. Non posso stare senza di te. Poi sento il raspio delle sue unghie sulla terra compatta. Eccoti qui. La lingua calda sulle mie mani. Non farmi più di questi scherzi, capito? Breve sollievo, poi ancora panico. Non va bene. Non posso correre il rischio di perderlo di vista. Che sciocchezza: non si vede niente qui dentro, certo che lo perderò di vista. Lo perderò e basta. Devo tenerlo con me, per forza, vicino. Rido amaro pensando a me che adesso mi chino e aggancio un guinzaglio al collare del mio cane, come se fossimo a passeggio per le vie della Capitale. Ridicolo. E il guinzaglio non l'ho portato, comunque. Poso lo zaino a terra e provo a infilarci dentro Tito, come all'inizio della fuga, quando dormiva stordito, ma niente. Annaspa, si spinge, rimbalza fuori come una molla. Torno indietro, verso la luce fioca della grotta. Poso lo zaino a terra, frugo nel fondo, prendo una coperta leggera, la piego per farci una striscia e annodo i due capi: viene fuori una specie di marsupio stretto, di quelli che si usano per portarci i bambini piccoli. Ci infilo Tito, in modo che stia attaccato a me, davanti, sulla pancia. Subito si agita, ma con carezze e sussurri riesco a calmarlo. Dài, Tito. Da bravo. Mi rimetto lo zaino sulle spalle e insieme, piano piano, torniamo dentro. Non so se è l'idea più astuta del mondo, però ho deciso: andiamo avanti. Andiamo sotto. Già, perché il tunnel è in leggera discesa. Un lento precipitare verso il centro della Terra. Ma cosa dovremmo fare? Tito, mi fido di te. Se mi hai portato qui dentro una ragione ci sarà.

Sicuro che ho paura. Me l'ha detto lei in persona, la Paura, che sarebbe stata sempre con me, per aiutarmi a non fare cose troppo sciocche. È una presenza a cui ti abitui. Utile, perfino. Un nodo in gola. Un pugno che ti si stringe attorno al cuore. Cammino sfiorando i lati del tunnel con le dita. Vado pianissimo, non so che cosa può esserci sotto di me. Un piede, una mano. Un piede, una mano. Un cane piccolo rannicchiato sulla pancia come se fosse ridiventato cucciolo.

Mi volto e vedo un punto piccolissimo di luce, ma no, non è nemmeno vera luce, è solo meno buio di qui. Una scheggia nel nero che mi circonda. È da là che sono venuto. Mi volto di nuovo, guardo avanti e non vedo niente. Sarebbe così attraente tornare indietro, verso quella luce certa, invece che continuare ad andare avanti nel buio. Ma io non torno indietro. Me lo sono detto un sacco di tempo fa, e non lo farò adesso.

Continuo a camminare. Sto più attento. L'acqua sembra filtrare dalle pareti di pietra, come se sudassero freddo. Come me. Vado avanti un'ora, un giorno, un secolo. Non ho né caldo né freddo né fame né sete. Non vedo niente. Forse sono morto. Sono morto e non me ne sono nemmeno reso conto. Be', almeno non è stato terribile. Ma certo: un tunnel. Un passaggio. Sono la mia anima che va dove deve andare, va dove vanno le anime quando si staccano dai corpi. Ma no. Tito è caldo, appoggiato contro di me, caldo come una cosa viva. E se lo sento vuol dire che sono vivo anch'io.

Non siamo soli. La sensazione mi spaventa, poi mi rassicura, poi mi spaventa di nuovo. C'è qualcosa che frulla e si agita piano. Impossibile, un uccello in una grotta: al massimo potrebbe essere un pipistrello, che è un mammifero, tutto un altro animale. Un pipistrello poi è scuro, mentre questa cosa, adesso la vedo proprio qui sopra di me, è bianca, di un bianco quasi accecante, da fantasma. Uno spettro. Ci vuole uno spettro per riconoscerne uno. Dondola a mezz'aria, mi viene incontro, si allontana, come se volesse farsi seguire. Mi balena un ricordo, di una cosa sentita molto tempo fa:

La speranza è l'essere piumato
Che nell'anima fa il nido...

Non parla, non fa discorsi, non si prende gioco di me, non mi rassicura con parole di miele. C'è e basta. Adesso la riconosco, posso dire che è sempre stata vicina, come la Paura, ma no: più sommessa, più tranquilla, come qualcosa di cui non si può fare a meno, come l'aria, dentro l'aria che ho respirato. Forse già dal giorno in cui il maestro Zaro l'ha evocata in quella poesia di cui non avevo capito niente. Adesso è tutto chiaro, perché quella poesia sta parlando proprio a me. Allora è a questo che servono le poesie. Benvenuta, Speranza. Per favore, resta sempre con me.

C'è un chiarore tenue lontano, dritto davanti a me, un po' più in alto. E infatti adesso i piedi inciampano, devo posarli a terra in un altro modo. Sento una delicata salita. Il tunnel sembra più largo, le mie mani si allontanano continuando a tentare le pareti. Il chiarore si definisce: prima era come un faro sfuocato dentro la nebbia, adesso ha dei contorni: incerti, vaghi, però ci sono. Non oso dirlo. Lo dico. La parola rimbalza contro la pietra, echeggia piano. L'uscita. La fine del tunnel. La luce. Luce è una parola bellissima, perché sembra che brilli. Frugo il marsupio che porto sulla pancia, ne sale un breve guaito. Dài, Tito. Adesso puoi camminare. Lo poso per terra. Si guarda intorno, annusa e fa una lunghissima pipì, una pipì leggendaria. Il suo marchio. Tito è passato di qui. A futura memoria di cani e di umani. Poi si lancia verso il fuori. I cani non ci vedono molto bene, e comunque vedono solo bianco e nero. Non che qui dentro i colori servano a qualcosa. Adesso l'importante è il bianco, bianco e basta. E se anche non lo vede, lui lo sente, che da qualche parte là in fondo dev'esserci un fuori. È come una canzone che lo attira. Come un richiamo, una traccia fortissima da seguire. Va. E io dietro. Non corro, vado piano, non voglio inciampare né farmi male. Ogni tanto lui si ferma ad aspettarmi, senza che glielo debba dire. Andiamo e andiamo. Il tunnel si allarga, il chiarore si fa più definito. Che strano, uno pensa a una grotta come a un posto in cui si entra, non come a un'uscita. Ma ormai è sicuro: finiremo da qualche parte, e sarà un posto bellissimo.

È proprio così. Tito non scatta, l'ultimo tratto lo facciamo affiancati come due bravi compagni, alla pari. Sbuchiamo fuori insieme. La luce mi acceca, tutta in una volta. Batto le palpebre per abituarmi, e poi lascio che mi invada, con tutto quello che porta in sé.

È davvero un posto bellissimo. Una valle. Dopo tutto quel deserto, dopo il buio della foresta me l'ero dimenticato che il verde può essere così verde, mille toni diversi che appartengono a mille verdi diversi: piante, cespugli, alberi, erbe e ancora erbe. E fiori. Il vento la accarezza come una mano, piegando gli steli e spostando le foglie, con un rumore leggero e costante, un fischio gentile. C'è il sole, però non scotta, riesce a essere semplicemente tiepido, giusto.

Il tempo che lo sguardo si adatti, che si abitui a tutta questa gloria, e vedo i frutti tra le foglie. Gli alberi vicini ne sono carichi. Sono di forme e colori che non ho mai visto e dovrei essere sospettoso, ma sono sicuro che frutti così belli devono essere per forza anche buoni. Righe di ruscelli attraversano la valle: ovvio, se tutto è così verde l'acqua dev'essere abbondante. È come un disegno fatto da un bambino piccolo, un bambino ottimista. Come il disegno di un mondo immaginato che avrei potuto fare io mille vite fa.

Ma non ho fame né sete, adesso. Perché il profumo mi ha preso alla gola, come una mano che stringe, e non mi lascia più. Osservo meglio, distinguo le piccole stelle che spiccano contro le foglie lucide ovali, il loro luminoso tremore: ma sì, sono gelsomini. Una valle tappezzata di gelsomini.

E poi lascio che i fiori si sfuochino perché sto guardando qualcos'altro, più lontano, tremante nella distanza, e poi via via sempre più vero: laggiù, là in fondo, lo vedo chiaramente, quelle forme che si muovono sono persone piccole, come me. Persone piuttosto piccole. E ai loro piedi, davanti, tutto intorno si muovono cani come Tito, nel modo inconfondibile, elastico, irrefrenabile dei cani contenti.

Mi aggrappo ai dettagli: l'odore dell'erba calpestata,

e l'aroma dei fiori più belli del mondo, nuvole in viaggio, di quelle che continuano a cambiare forma, e ce n'è sempre una che aggancia lo sguardo e se lo porta via per un pezzo. Guardare in su per non guardare davanti: forse sarà già tutto sparito. Un miraggio, un'illusione. La speranza e la paura. Poi alla fine quella strana curiosità che vince sul resto, il senso dell'inevitabile, la stanchezza. C'è ancora tutto. Mi stropiccio gli occhi. C'è ancora tutto.

Adesso li distinguo, mi sbaglio, non è possibile, invece è così: Eze con Stilla, Florin con Rama, Sisko con Scheggia. E tanti altri cani e bambini, bambini e cani sconosciuti. Tutti che puntano laggiù, verso il fondo della valle, come palline che scivolano verso il centro di una buca.

Poi sul crinale della collina compaiono tante piccole sagome lucenti, che si muovono in una linea orizzontale compatta, perfetta. Dietro di loro un'altra linea. I soldati. Soldati ovunque, le mani strette sull'elsa delle spade. Che cosa ci fanno qui? E poi, circondato dalle guardie, riconosco l'alto carro del Sire, i suoi stendardi appesi tutto intorno a sventolare come tovaglie stese. Che cosa ci fa qui? Bisognerà scappare di nuovo: è la fine. Ci hanno preso, ci hanno attratto qui in qualche loro modo astuto. Adesso li uccideranno tutti, e io qui a guardare senza poter far niente. No, non è possibile. Non può finire così.

E poi mi accorgo che dietro il carro del Sire, dietro un

altro drappello di soldati, procedono lenti gli adulti. Sono a coppie, scendono la collina affiancati, prendendosi il loro tempo, come se non avessero fretta. Riconosco i genitori di Eze, quelli di Asa, quelli di Jona. Per un attimo spero. Ma no. Vedo i genitori di Siva, quelli di Illa. E poi. Loro.

La mia mamma e il mio papà.

Il sollievo è una stretta che si allenta, la gioia non so, perché non me la ricordavo quasi più: forse un uccello che trema, come la speranza. Vorrei correre, ma i miei piedi sembrano inchiodati a terra. Correre dove? Per cosa? Se era gioia, si è già spenta, come un fiammifero nel buio.

Ottimo, ci sono anche loro. Così potrò chiedere che mi aiutino a non guardare.

Posso chiedere che stiano accanto a me e mi stringano la mano, una mano per ciascuno, molto forte, quando verrà il momento. Quando i soldati giustizieranno il nostro cane.

Tutto questo non ha senso. Essere arrivati fin qui per questo non ha senso.

Poi guardo meglio e mi accorgo che gli uomini e le donne che scendono nella valle non sono in catene, prigionieri, ammanettati, vinti, circondati da spade. Sono liberi. Tranquilli. Parlano tra loro, alcuni sono sottobraccio, altri si tengono per mano. Come se andassero a una festa.

E allora?

Mi sono mosso senza rendermene conto, come un automa. Siamo più vicini. Il papà mi ha visto, alza la mano, la sventola nell'aria. Anche la mamma. Sono allacciati per la vita e non si lasciano, come in un passo di danza. Adesso corrono, senza lasciarsi, anche se fanno fatica: corrono insieme verso di me.

E allora?

Non capisco, non so. I soldati che circondano il Sire alzano le spade, che brillano d'oro nel sole. Ma non sono spade: sono trombe. Suonano una fanfara luccicante, poi una musica che non sentivo da un pezzo. Una musica proibita. Una canzone bandita tanto tempo fa.

Adesso anche Tito ha riconosciuto la mamma e il papà, con la sua povera vista corta di cane. Agita la coda, abbaia. Aspetto che scatti. Lo lascerò andare. Ma no. Lui resta vicino alla mia gamba, come un guardiano ben addestrato. Però mi guarda. Alza la testa verso di me.

Sta aspettando che gli dica qualcosa, che gli dia il permesso. Se taccio resterà qui con me, come è rimasto tutto questo tempo, in tutta questa fuga assurda da una cosa assurda, inamovibile, sereno, perché era quello che desideravo. Non una volta mi ha abbandonato. Quando è andato via, è sempre stato per tornare. E quando è tornato ha sempre portato qualcosa per me, qualcosa da condividere, in modo che potessimo andare avanti, insieme.

Adesso glielo dico, se lo merita. «Vai.»

Lui guarda davanti a sé, muove un passo, sembra

una freccia incoccata nell'arco. Pronto a scattare. Poi torna a guardare me. Vedo fiducia, la lingua di traverso come un segnalibro, un contagioso sorriso da cane.

Lo so: non andrà da nessuna parte senza di me.

E allora mi avvio, e lui mi segue.

Il Sire disse: «Bambini del Regno, vi ho messi alla prova, e con voi le vostre famiglie. Volevo scoprire quanti di voi avrebbero reagito con prontezza e coraggio. So che sono state dette molte sciocchezze a proposito del mio Editto. Molte cose nefande mi sono state attribuite: del resto era prevedibile. Per esempio» e agitò la mano come per scacciare un insetto fastidioso «che avrei voluto farmi decine e decine di pellicce di cane. Io non ho mai amato le pellicce di cane. Non ho mai amato le pellicce. È mio diritto essere capriccioso. Ma non sono pazzo, e i miei capricci riguardano sempre cose stravaganti ma innocue. Non avrei torto un pelo a nessuno dei cani consegnati per obbedire all'editto, se mai mi fossero stati consegnati. Li avrei custoditi nelle cucce della Reggia e circondati di attenzioni, per poi liberarli proclamando un gran giorno di festa per tutto il Regno.

E comunque niente di tutto questo è stato necessario. Perché tutti i cani del Regno sono stati portati via dai loro bambini. Tutti. I vostri genitori vi hanno coperto, hanno simulato orribili stragi mai avvenute, hanno nascosto le vostre tracce, vi hanno incoraggiato alla fuga. E tutti voi siete andati verso l'ignoto con i vostri cani senza battere ciglio, perché era la sola cosa da fare. Questo mi rende molto fiero. Vedete, un tiranno è un male passeggero: lo si caccia via, si lotta contro di lui, si mina il suo potere. Ma un popolo vile resta un popolo vile che vive in modo vile. Sarebbe stato terribile scoprirvi privi di coraggio e determinazione. È stato bellissimo sapervi tenaci fino all'eroismo. Era successa la stessa cosa con i gelsomini: e so che in ogni casa del Regno si nasconde una pianta clandestina. Niente rimane nascosto al Sire. Ho voluto mettere ancora alla prova il mio popolo, e questa volta tutto intero, a partire dai più piccoli, con una posta più alta. Siete voi, voi bambini, i primi a dover essere orgogliosi: siete insorti davanti a un'ingiustizia, ma invece di ribellarvi in modo violento avete scelto la via dell'astuzia. Certo, ciò ha richiesto sotterfugi. E sacrifici. Ma io posso solo essere fiero che il mio popolo sappia scegliere tra il giusto e l'ingiusto, senza esitare, senza temere il potere. Voi, voi, miei magnifici giovani sudditi, avete superato tutti gli ostacoli, e ora siete qui. Ora siamo tutti qui per gioire insieme. Questo giorno sarà ricordato come il Giorno dei Cani Ritrovati, e sarà festa grande in tutto il Regno, anno dopo anno, per sempre.»

Dal catalogo Fanucci Editore

Tweens

Il gatto dagli occhi d'oro di Silvana De Mari
Bambini nel bosco di Beatrice Masini
La bambina che leggeva i libri di Pierdomenico Baccalario
La Torre e l'Isola di Ana Alonso e Javier Pelegrín
Odore di guai di Marco Tomatis
La saga di Monster Girl Stefan Ljungqvist
L'ultima caccia di Joe R. Lansdale
La sorgente di luce di Geronimo Giglio
Il giardino segreto di Frances Hodgson Burnett
Radiance di Alyson Noël
La Spada Blu di Robin McKinley
La principessa Alanna di Tamora Pierce
Solo con un cane di Beatrice Masini

Teens International

Alicia e il cuore smarrito di Shari H. Grilli
Good Girls di Laura Ruby
Alicia e una pazza fuga d'amore di Shari H. Grilli
Baciami e uccidimi di Lauren Henderson
Più di un bacio di Daria Snadowsky
Sangue Blu di Melissa de la Cruz
Bacio sacro di Melissa de la Cruz
Le mie prime volte di Claire Loup
La ragazza del mare di Sara Zarr
Evermore di Alyson Noël
Afrodite e l'uomo misterioso di Ritta Jacobsson
Rivelazioni di Melissa de la Cruz
Alicia zenzero e cannella di Shari H. Grilli
Il diario di Eve Rosser di Rachel Caine
Blue Moon di Alyson Noël
L'eredità di Schuyler di Melissa de la Cruz
Baci e bugie Lauren Henderson
Segreti e sorelle di Alyson Noël
Lady Moon di Annette Curtis Klause
I vampiri di Morganville di Rachel Caine
Justin di Meg Rosoff

Afrodite e il tradimento di Ritta Jacobsson
Shadowland di Alyson Noël
Tatuaje di Ana Alonso – Javier Pelegrín
I segreti dei Sangue Blu di Melissa de la Cruz
Baby Doll di Sharon Carter Rogers
La foresta degli amori perduti di Carrie Ryan
Whisper di Maggie Stiefvater
L'angelo tradito di Melissa de la Cruz
Dark flame di Alyson Noël
Il Rifugio di S.A. Bodeen
Il vicolo dei segreti di Rachel Caine
Infinity di Sherrilyn Kenyon
The Night Star di Alyson Noël
Il labirinto di James Dashner
Bloody Valentine di Melissa de la Cruz
Destiny di Maggie Stiefvater
Appuntamento al buio di Rachel Caine
The Gap di Michele Jaffe
Everlasting di Alyson Noël
Un bacio al buio di Lauren Henderson

In libreria

Tamora Pierce

La principessa Alanna

224 pagine
14,00 euro

«D'ora in poi sarò Alan di Trebond, l'altro gemello. E un giorno sarò cavaliere.»

Nonostante sia una ragazza, Alanna ha sempre desiderato diventare un cavaliere e avere una vita avventurosa. Suo padre però ha predisposto per lei un avvenire diverso: studierà in convento per essere una dama perfetta. Il suo gemello Thom, invece, farebbe di tutto per evitare l'addestramento da cavaliere. E così, prima di partire per le rispettive destinazioni, i due si scambiano i ruoli, e Alanna, fingendosi un ragazzo, s'incammina alla volta del castello di re Roald a Corus. Il percorso per diventare cavaliere sarà lungo e irto di ostacoli; Alanna stringerà nuove amicizie – in particolare con Jonathan di Conté, erede al trono di Tortall –, e dovrà difendersi da compagni prepotenti. Mentre la Festa del solstizio d'inverno si avvicina, e con essa la nomina dei nuovi cavalieri, Alanna viene scelta per accompagnare Jonathan a Persepolis; ma prima della partenza, l'infido duca Roger ha sfidato il principe ad avventurarsi nella temibile Città Nera. Alanna, fiutando il pericolo, decide di seguirlo di nascosto. Insieme affronteranno gli Ysandir, esseri che rubano l'energia vitale degli uomini, e solo a costo di svelare la propria identità Alanna potrà dimostrare quanto vale veramente...

In libreria

Alyson Noël

Everlasting

304 pagine
15,00 euro

La sesta e ultima puntata della storia d'amore epica che ha incantato i lettori di tutto il mondo. Ever e Damen hanno trascorso secoli a combattere contro acerrimi rivali, amici poco sinceri e soprattutto contro le loro peggiori paure, il tutto nella speranza di poter vivere uniti per sempre. Ora, finalmente, il loro destino insieme sembra essere a portata di mano. L'eterna lotta per la felicità conduce Ever e Damen in un territorio spaventoso: il tenebroso cuore della Terra dell'eterna estate. Qui, in una terra desolata e bagnata da piogge infinite, scoprono un segreto inimmaginabile e comprendono le ragioni per cui il destino li ha finora separati. Il loro futuro, adesso, dipende da un'ultima decisione, che metterà in gioco tutto... anche l'eternità.
Ever e Damen riusciranno a rimanere uniti o verranno separati per sempre? I lettori potranno finalmente scoprire la verità in questa attesa conclusione, l'epilogo di una saga che ha conquistato centinaia di migliaia di lettori in tutto il mondo.